Princesa
no limite

OBRAS DA AUTORA PUBLICADAS PELA RECORD

Avalon High
*Avalon High — A coroação:
a profecia de Merlin*
Cabeça de vento
Sendo Nikki
Na passarela
Como ser popular
Ela foi até o fim
A garota americana
Quase pronta
O garoto da casa ao lado
Garoto encontra garota
A noiva é tamanho 42
Todo garoto tem
Ídolo teen
Pegando fogo!
A rainha da fofoca
A rainha da fofoca em Nova York
A rainha da fofoca: fisgada
Sorte ou azar?
Tamanho 42 não é gorda
Tamanho 44 também não é gorda
Tamanho não importa
Tamanho 42 e pronta para arrasar
Liberte meu coração
Insaciável
Mordida

Série O Diário da Princesa
O diário da princesa
Princesa sob os refletores
Princesa apaixonada
Princesa à espera
Princesa de rosa-shocking
Princesa em treinamento
Princesa na balada
Princesa no limite
Princesa Mia
Princesa para sempre
O casamento da princesa

Lições de princesa
O presente da princesa

Série A Mediadora
A terra das sombras
O arcano nove
Reunião
A hora mais sombria
Assombrado
Crepúsculo

Série As leis de Allie Finkle para meninas
Dia da mudança
A garota nova
Melhores amigas para sempre?
Medo de palco
Garotas, glitter e a grande fraude
De volta ao presente

Série Desaparecidos
Quando cai o raio
Codinome Cassandra
Esconderijo perfeito
Santuário

Série Abandono
Abandono
Inferno
Despertar

MEG CABOT

Princesa
no limite

Tradução de
ANA BAN

7ª edição

Rio de Janeiro | 2016

CIP-Brasil. Catalogação na fonte
Sindicato Nacional dos Editores de Livros, RJ.

C116p
7ª ed.

Cabot, Meg
A princesa no limite / Meg Cabot; tradução Ana Ban. – 7ª ed. – Rio de Janeiro: Galera Record, 2016.
.-(O diário da princesa; v.8)

Tradução de: Princess on the brink
Continuação de: A princesa na balada.

ISBN 978-85-01-07774-5

1. Meninas – Conduta – Literatura juvenil. 2. Escolas secundárias – Literatura juvenil. 3. Literatura juvenil. I. Ban, Ana. II. Título. III. Série.

07-2405

CDD – 028.5
CDU – 087.5

Título original norte-americano:
PRINCESS ON THE BRINK

Copyright © 2007 by Meg Cabot, LLC

Texto revisado segundo o novo Acordo Ortográfico da Língua Portuguesa.

Todos os direitos reservados. Proibida a reprodução,
no todo ou em parte, através de quaisquer meios.

Direitos exclusivos de publicação em língua portuguesa somente para o Brasil adquiridos pela
EDITORA RECORD LTDA.
Rua Argentina 171 – Rio de Janeiro, RJ – 20921-380 – Tel.: 2585-2000
que se reserva a propriedade literária desta tradução

Impresso no Brasil

ISBN 978-85-01-07774-5

Seja um leitor preferencial Record.
Cadastre-se e receba informações sobre nossos lançamentos e nossas promoções.

EDITORA AFILIADA

Atendimento e venda direta ao leitor:
mdireto@record.com.br ou (21) 2585-2002

Para Abby,
com amor e gratidão

Agradecimentos

Muito obrigada a Beth Ader, Jennifer Brown, Barbara Cabot, Sarah Davies, John Henry Dreyfuss, Michele Jaffe, Laura Langlie, Amanda Maciel, Abigail McAden e, especialmente, Benjamin Egnatz.

"*Imagino*" — *para Sara* — "*que agora você voltou a sentir que é uma princesa.*"
"Tentei não ser nada mais", respondeu ela em voz baixa. "Mesmo quando estava com mais frio e com mais fome. Tentei não ser."

A Princesinha
Frances Hodgson Burnett

EU, PRINCESA???? CERTO, ATÉ PARECE
Um roteiro de Mia Thermopolis
(primeiro rascunho)

Cena 12

INTERIOR / DIA — The Palm Court no hotel Plaza, em Nova York. Uma garota sem peito com cabelo no formato de um triângulo invertido (MIA THERMOPOLIS, 14 anos) está sentada a uma mesa toda enfeitada, na frente de um homem careca (o pai dela, PRÍNCIPE PHILLIPE). Dá para ver pela expressão de MIA que seu pai lhe diz algo perturbador.

PRÍNCIPE PHILLIPE
Você não é mais Mia Thermopolis, querida.

MIA
(piscando, estupefata)
Não sou? Então, quem eu sou?

PRÍNCIPE PHILLIPE
Você é Amelia Mignonette Grimaldi Thermopolis Renaldo, princesa da Genovia.

Terça-feira, 7 de setembro, Introdução à Escrita Criativa

Ah, ela TEM de estar de brincadeira. Descrever um quarto? *Essa* é a nossa primeira tarefa? DESCREVER UM QUARTO? Será que ela faz ideia de quanto tempo faz que eu tenho descrito quartos de maneira criativa? Quer dizer, já descrevi quartos no ESPAÇO — por exemplo, na minha *fan fiction* de *Battlestar Galactica* sobre quando Starbuck e Apollo finalmente Fazem Aquilo.

Sabe no que eu não consigo acreditar? Não acredito que ela me enfiou em Introdução à Escrita Criativa. Eu devia estar no Intermediário, pelo menos. Quer dizer, com o resultado que eu tive no simulado do SAT — que, tudo bem, foi o mais baixo possível em matemática, mas foi ÓTIMO em inglês —, devia ter pelo menos feito um teste para ver em qual eu cairia.

E, tudo bem, o SAT não mede a criatividade (a menos que a gente deva acreditar que aquele pessoal que dá nota à redação realmente lê o que está escrito).

Mas só a minha nota em inglês já devia servir para provar que sou capaz de descrever um QUARTO. Será que ela não sabe que eu já passei da descrição de quartos — e até de escrever romances — para escrever roteiros inteiros?

Porque a Lilly está coberta de razão, não tem outro jeito de eu jamais conseguir que a verdadeira história da minha vida receba uma representação verdadeira na telona a não ser que eu a escreva pessoalmente. E que a Lilly a dirija. Eu sei que vai ser complicado arrumar financiamento e tudo o mais, mas o J.P. disse que vai ajudar. E ele conhece TONELADAS de pessoas em Hollywood. Outro dia mesmo, ele e os pais jantaram com um primo do Steven Spielberg.

Por que a sra. Martinez não consegue ver que, ao me colocar em Introdução à Escrita Criativa, e não no Intermediário, que é o meu lugar, está reprimindo meu crescimento criativo? Como o botão da minha criatividade vai poder desabrochar se ninguém o REGA?

Descrever um quarto. Tudo bem, aqui está um quarto para você, sra. Martinez:

As quatro paredes de pedra se apertam umas contra as outras, brilhando com a umidade que pinga do teto. A única luz que penetra ali vem da pequena janela com grades próxima ao teto. A única peça de mobília é um catre estreito com um colchão fino coberto de tecido listrado e um balde. A razão por que o balde está ali se torna óbvia por causa do cheiro que exala dele. Será que é isso que atrai os ratos que espreitam dos cantos, tremendo os focinhos cor-de-rosa?

C-

Mia, quando eu disse para descrever um quarto, eu quis dizer que você deveria descrever um quarto que conhece bem. Tenho certeza de que calabouços, como o descrito, de fato existem no seu palácio da Genovia, mas duvido muito de que você tenha passado muito tempo neles. Além

do mais, por eu ser membro da Anistia Internacional, sei que a Genovia não está na lista dos países suspeitos de maltratar seus prisioneiros, o que leva à minha próxima pergunta: quando foi a última vez que os calabouços do seu palácio foram usados? E acredito que uma pessoa de pensamento avançado como o seu pai já teria instalado um sistema de esgoto adequado no palácio a esta altura, transformando o uso de baldes para excrementos humanos em algo obsoleto.

— C. Martinez

Terça-feira, 7 de setembro, Inglês

MIA!!!! Você não está ANIMADA???? **Estamos começando um ano letivo totalmente novo! Estamos no PENÚLTIMO ANO!!! SÓ FALTA MAIS UM ANO PARA A GENTE MANDAR NA ESCOLA!!!! Ah, o seu cabelo está lindo, aliás. — T**

Você acha mesmo, Tina? Sobre o meu cabelo? A minha mãe e eu levamos o Rocky ao Astor Palace Cabeleireiros ontem para cortar o cabelo pela primeira vez, porque era o único lugar aberto, já que era feriado do Dia do Trabalho. Ele não parava de gritar feito um condenado, então eu me ofereci para deixar cortarem o meu cabelo primeiro, para mostrar a ele que não doía. Preciso reconhecer que fiquei um pouco surpresa quando tiraram os grampos.

Acho que está ótimo. Você está igualzinha à Audrey Hepburn em *Férias em Roma*. O que o Michael disse quando viu????

A gente ainda não se encontrou desde que eu voltei da Genovia. Mas vamos nos encontrar hoje à noite no restaurante Number One Noodle Son. Não aguento mais ESPERAR!!! Ele disse que tem uma coisa MUITO IMPORTANTE para me contar, que não pode falar por telefone nem mandar por mensagem instantânea.

O que você acha que é???? E no Number One Noodle Son? Não é meio fora de mão para ele? Ele ainda não se mudou para o alojamento?

Não, ainda não. Tem alguma coisa a ver com o lugar em que ele vai morar. Acho que é isso que ele quer me contar. Vai ver que ele vai arrumar um apartamento para ele ou algo assim.

AI, MEU DEUS!!! Já imaginou se ele tiver uma casa só dele???? Nenhum colega de quarto para chegar na hora H. E uma cozinha só para ele!!! Ele poderia fazer jantares românticos para você!!!!!

Não SEI se é isso. Ele não deu muitos detalhes pelo telefone.

É *melhor* que ele arrume mesmo um apartamento só para ele. Por acaso ele acha que vocês vão ficar se agarrando na casa dos pais dele. na frente da Lilly... sem falar na MÃE dele????

Ha. Mas a mãe do Michael provavelmente nem ia notar, de tanto tempo que ela passa no apartamento do pai do Michael.

Os drs. Moscovitz vão voltar???

Espero que sim! O Michael disse que eles começaram a "namorar". Um o outro!

Bom, é melhor do que se eles estivessem namorando outras pessoas, acho. Mesmo assim, se esse for o caso, eles podiam simplesmente voltar a morar juntos. Iam economizar o dinheiro do aluguel. Meu Deus, ainda bem que os meus pais se ignoram, igual a qualquer casal normal.

Total. Falando de cabelo, o que você achou das luzes da Lilly?

Ela disse que o J.P. prefere as loiras. Não sei. Nunca achei que a LILLY mudaria o visual por causa de um CARA. O J.P. deve ser um dínamo sexual total!

TINA!!! Eles não Fizeram Aquilo!!!!!

Ah. Achei que tivessem feito.

AI, MEU DEUS. POR QUÊ????

Bom, ele foi MESMO passar o fim de semana na casa dela em Albany.

Nada a ver, foi só porque os pais dele foram dar uma olhada em umas empresas de temporada de teatro de verão na região norte do estado! Quer dizer, você não acha que ela teria nos contado?

Talvez tivesse contado para *você*. Nunca iria contar para MIM. A Lilly acha que eu sou uma fresca.

Não acha nada!!!!

Acha sim. Mas tudo bem. Eu sou MESMO fresca. Não quero nem VER Aquilo. Muito menos Pegar Naquilo. Já imaginou se você tivesse um? Eu morreria. Você acha que a Lilly pegou no do J.P.?

DE JEITO NENHUM!!!! Ela teria me contado. Quer dizer, é verdade que a gente não se encontrou desde que eu voltei das férias de verão na Genovia. Mas, mesmo assim. Ela teria me contado se... você sabe. Pelo menos, eu *acho* que sim...

Ela pegou no do Boris.

O QUÊ????? E também: AAAAAAAAAAAAHHHHHHHHHHHHHHH!!! POR QUE VOCÊ ME CONTOU ISSO??????

Bom, eu também não queria saber!!!! Foi o Boris que me contou!!!!

POR QUE ELE FOI CONTAR ISSO PARA *VOCÊ*????

Por causa daquele livro que a minha tia me deu — sabe qual, *Seu dom precioso*.

Ah, certo. Aquele que diz que a sua virgindade é um dom precioso que você só deve dar para a pessoa com quem se casar, porque só pode dar uma vez, e não seria bom dar para alguém que não vai valorizar.

É. Só que o livro não diz nada sobre o que se deve fazer se depois que você casa com a pessoa descobre que o cara é gay, algo que já saberia antes de se dar o trabalho de casar e tudo o mais, se não tivesse esperado. Mas tanto faz. O Boris viu o livro na minha estante e ficou preocupado de eu me incomodar com o fato de a Lilly já ter pegado antes de mim. Mas ele continua sendo, sabe como é. Virgem. Ela só deu uma pegadinha.

Ela pegou POR CIMA ou POR BAIXO da calça?

Por baixo.

Sinto muito, Tina. Eu sei que o Boris é seu namorado. Mas agora eu vou ali vomitar, total.

Eu sei. Vamos encarar, Mia. Você e eu vamos ser As Últimas Virgens da Albert Einstein High.

Uau. Parece título de livro.

Você devia escrever essa história, total!!!! *AS ÚLTIMAS VIRGENS*.

— Duas garotas amaldiçoadas por guarda-costas treinados em Israel, pagos pelo pai delas para proteger o dom precioso de suas filhas... com a *vida*!

Nenhum homem as conhecerá — ATÉ A NOITE DO BAILE DE FORMATURA!!!!

Oops, a Sperry está olhando para cá. Acho que a gente devia prestar atenção. Você faz alguma ideia do que ela está falando?

Quem se importa? Isto aqui é muito mais interessante.

Totalmente. Então... você acha mesmo que ela também pegou no do J.P.?

Eu já disse! Acho que eles Fizeram Aquilo por completo!

Não. Ela teria me contado. Você não acha que ela contaria para mim?

É você que a conhece desde a primeira série ou sei lá o quê. Só você pode saber a resposta para essa pergunta. Mas agora ela ESTÁ loira.

Ei! Eu sou loira! E ainda tenho o meu dom precioso!

Ah, é. Desculpa. Eu esqueci.

Terça-feira, 7 de setembro, Francês

Não acredito que a Tina acha que a Lilly e o J.P. Fizeram Aquilo no verão. Isso é simplesmente ridículo. A Lilly teria TOTALMENTE contado para mim se tivesse dado seu dom precioso.

Não teria?

Além do mais, o J.P. ainda nem tinha dito a palavra com A para ela. Será que a Lilly realmente transaria pela primeira vez com alguém que nem admitiu amá-la? Quer dizer, ela já disse a ele que o ama, tipo, nove milhões de vezes, e tudo o que ele sempre responde é "Obrigado". Ou, às vezes, "Eu sei".

Mas a Lilly acha que esse foi só o jeito que ele encontrou para homenagear o Han Solo.

Está bem claro que o J.P. tem problemas com intimidade. Quer dizer, já faz seis meses que ele e a Lilly estão juntos. E ele ainda nem se refere a ela como namorada. Ele só a chama de Moscovitz.

O Michael costumava me chamar de Thermopolis. Mas isso foi ANTES de a gente começar a ficar.

Será que a Lilly transaria com alguém que a chama de Moscovitz e a apresenta como "amiga", e não "namorada"?

De jeito nenhum. Não a Lilly.

Mas é verdade que ela ficou *mesmo* loira. Ela DIZ que é porque um dos produtores que está disposto a fazer o programa de TV dela disse que, com cabelo claro emoldurando o rosto dela, ele parece menos irregular.

Mas não é segredo que o J.P. gosta de loiras. Quer dizer, a Keira Knightley é, tipo, a garota dos sonhos dele. Ele é o único menino que eu conheço que assistiu a *Orgulho e preconceito* inteiro tantas vezes quanto a Lilly, Tina e eu assistimos. Achei que era só porque ele admirava a adaptação para o cinema, mas depois ele até chegou a confessar que era porque ele admirava uma certa loira magra e alta (o que é estranho, porque a Keira nem estava loira naquele filme).

Coitada da Lilly. Ela pode perder peso e tingir o cabelo, mas nunca vai ESTICAR. Pelo menos, não até chegar a 1,75m, como a Keira.

Ei, será que é sobre ISSO que o Michael quer falar comigo hoje à noite, no jantar...? Que ele descobriu que a Lilly e o J.P. Fizeram Aquilo!

Melhor, TOMARA que não seja. Se a Lilly Fez Aquilo e contou para o Michael, ele nunca mais vai parar de falar no assunto.

Ah, maravilha. Precisamos *décrire un soir amusant avec les amis* em duzentas palavras.

Un autre soir palpitant, et mes camarades et moi nous nous sommes installés devant la télé. Les choix ont paru interminable, les chaines, san fin. Avec le cable, n'impote quoi a été possible. Et qu'est-ce que nous avons vu? La chaine des nouvelles? La chaine des sports? La chaine des "rockvideos"? Non — la chaine douze. Oui! La chaine religieuse et ridicule...

61 palavras. Faltam 139

Cruzei com a Lana no corredor a caminho desta aula. Ela não mudou nada nas férias de verão, a não ser pelo fato de ter ficado ainda mais nojenta — se é que isso é possível.

Ah, e parece que ela adquiriu um clone pequenininho, um tipo de Aspirante a Lana que é igualzinha a ela, só que um pouco mais baixa.

Mas, bom, quando eu passei, a Lana olhou para a minha cabeça, cutucou o clone dela com o cotovelo e começou a rir.

"Olha, é o Peter Pan!", ela berrou para todo mundo no corredor escutar.

É bom saber que, seja lá o que tenha feito durante o verão, a Lana conservou seu charme e audácia pelos quais é tão amplamente conhecida em toda a Albert Einstein High School.

Será que eu pareço mesmo o Peter Pan com este corte de cabelo?
Est-ce que je vraiment ressemble Peter Pan dans cette coupe de cheveux?

Terça-feira, 7 de setembro, Almoço

Eu TOTALMENTE agarrei a Lilly na frente do bufê de taco e perguntei se ela e o J.P. tinham Feito Aquilo no verão.

A resposta muito insatisfatória dela: "Você acha mesmo que, se eu tivesse feito, não teria contado para VOCÊ, seu Peixão de Boca Grande?"

Preciso confessar que essa doeu. Guardei com muita lealdade cada segredo que ela já me contou na vida. Nunca falei sobre a vez que ela conseguiu tirar o exemplar de *A prostituta feliz* da mãe dela do apartamento e levar para a escola na quinta série, quando leu as partes sobre sexo em voz alta para nós no recreio, falei?

E aquela vez que ela disse para o Norman, o perseguidor dela, que se ele conseguisse para ela ingressos para ver *Avenida Q* ela daria para ele os chinelos de dedo de plataforma Steve Madden dela, e o Norman arrumou os ingressos, mas ela nunca deu os sapatos para ele, porque nunca nem teve chinelos de dedo de plataforma Steve Madden?

E eu nunca contei para ninguém como a Lilly jogou a minha boneca Moranguinho no telhado da casa de campo dos pais dela e nunca mais a vi até o verão seguinte, quando o Michael estava limpando as calhas e a jogou no quintal, e os olhos da coitada da Moranguinho tinham sido devorados por esquilos e o cabelo dela estava todo cheio de limo e o sol tinha derretido o rosto dela, transformando-o em um grito silencioso, apesar de aquela visão ter me deixado uma cicatriz emocional para a vida toda. Eu realmente adorava aquela boneca.

Mas eu não queria que a Lilly percebesse quanto o comentário dela tinha me magoado, então eu só dei de ombros e disse: "Tanto faz. Eu sei que você pegou no "você sabe o quê" do Boris. Ele contou para a Tina.

Mas a Lilly, em vez de ficar com ânsia de vômito, o que teria sido a reação adequada, só olhou para o teto e disse: "Você é tão juvenil..."

"Falando sério, Lilly." Não pude evitar que um pouco da minha mágoa transparecesse na minha voz. "Não acredito que você não me contou."

"Porque não foi nada de mais", a Lilly disse.

"Nada de mais? Você PEGOU naquilo."

"Será que a gente precisa mesmo discutir isso no meio do refeitório?", Lilly quis saber.

"Bom, onde mais a gente vai discutir? Lá na mesa, na frente do seu NAMORADO?"

"Tudo bem", a Lilly disse, virando-se de novo para o bufê de taco. "Então, eu peguei naquilo. O que você quer saber sobre o assunto?"

Não dava para acreditar que estávamos tendo essa conversa por cima de barris de creme azedo e queijo *cheddar* ralado. Mas a culpa era toda da Lilly. Ela não podia mesmo ter tocado no assunto em uma das vezes que nós dormimos uma na casa da outra, como qualquer menina normal. Ah, não, a Lilly não. Ela tinha de guardar um enorme segredo, até que o BORIS, ninguém menos, fizesse a revelação.

O negócio é que, apesar de ter sido totalmente vergonhoso e meio nojento e tudo o mais... eu realmente queria saber.

Eu sei. É doentio. Mas eu queria.

"Bom", eu disse. Por sorte, não tinha mais ninguém por perto, já que parecia que todo mundo preferia os refogados. "Para começar, qual foi a sensação?"

Lilly só deu de ombros. "De pele."

Fiquei olhando para ela. "Só isso: só... *pele?*"

"Hm, é disso que é feito", a Lilly respondeu. "Que sensação você achou que daria?"

"Não sei", respondi. É meio difícil julgar essas coisas através de camadas grossas de jeans. Principalmente se forem de botão. São muitos obstáculos. "Nos livros de romance da Tina, sempre dizem que parece a maciez do cetim por cima de uma vara de aço de desejo."

Lilly pensou sobre o assunto. Então deu de ombros de novo e falou: "Bom, é. Isso aí também."

"Certo", eu respondi. "Vou vomitar oficialmente."

"Bom, não vomite em cima do *guacamole*. Você pode ir embora agora?"

"Não", eu disse. "Sobre o que o Michael quer falar hoje à noite comigo no Number One Noodle Son?"

"Provavelmente", Lilly respondeu, "que ele quer que você Pegue Naquilo."

Quando tirei a colher de servir do creme azedo e apontei para ela, ela deu um berro e disse, brincando: "É sério, eu não sei. A gente mal se viu no verão, ele anda muito ocupado com um projeto idiota de engenharia elétrica."

Então, larguei a colher. Eu sabia que ela estava contando a verdade. O Michael andava ocupado com o curso de Temas Avançados na Teoria do Controle, que ele explicou, quando perguntei que diabo isso significava, tratar-se de robôs. O projeto final dele para a matéria tinha sido um braço robotizado que podia ser usado para fazer cirurgias cardíacas não invasivas com o coração ainda batendo. "O objetivo supremo", Michael tinha dito, "no campo da cirurgia robotizada".

É. Eu tenho um namorado que constrói robôs. É TÃO LEGAL!!!!!

Quando a Lilly e eu voltamos para a mesa, tive mesmo muita dificuldade de olhar para a cara do Boris — apesar de ele estar quase bonito agora que não usa mais aparelho preso à cabeça, ter começado a se consultar com um dermatologista, ter feito cirurgia de Lasik nos olhos e tudo o mais.

Mesmo assim, quando eu olho para ele agora, só consigo ver a mão da Lilly enfiada dentro da calça dele. Bem ali, junto com o suéter.

"Ai, meu Deus, Mia!", a Ling Su gritou assim que eu me sentei. "O que aconteceu com o seu cabelo?"

Esse realmente não é o tipo de coisa mais agradável de ouvir quando você acabou de cortar o cabelo.

"Astor Palace Cabeleireiros", respondi. "Por quê? Você não gostou?"

"Ah, não, eu gostei", a Ling Su disse rapidinho. Mas eu vi totalmente quando ela trocou olhares com a Perin que, devo completar, tem o cabelo ainda mais curto do que o meu. E o meu já está bem curto.

"Acho que a Mia está ótima", o J.P. disse. Ele estava sentado na outra ponta da mesa, na frente da Lilly. Também não estava exatamente feio, se é que você me entende. O cabelo desgrenhado loiro dele tinha alguns pedaços ainda mais loiros por causa do sol: os pais dele têm uma casa em Martha's Vineyard, que foi onde ele passou a maior parte do verão, aprimorando suas habilidades no windsurfe.

E tinha totalmente valido a pena. Quer dizer, se é que um bronzeado de arrasar e músculos dos braços bem definidos contam para alguma coisa.

Não que eu estivesse olhando. Porque já tenho um namorado com seus próprios músculos dos braços de arrasar.

E, tudo bem, o Michael provavelmente não pegou bronzeado nenhum neste verão, porque estava ocupado demais com o projeto do robô.

Mas ele continua sendo mais gostoso do que o J.P.

Que, além do mais, é namorado da Lilly.

Ou algo assim.

"Muito Joãozinho", J.P. disse, apontando para a minha cabeça com a dele.

"Eu sei o que isso quer dizer", Tina disse, toda animada. "Tipo a Audrey Hepburn em *Férias em Roma*!"

"Estava mais pensando na Keira Knightley em *Domino — A caçadora de recompensas*", J.P. disse. "Mas isso aí também vale."

É legal ter amigos que dão tanto apoio assim.

Bom, ALGUNS amigos que dão apoio, pelo menos. Não dá para acreditar que a Lilly não quer me dizer que ela e o J.P. Fizeram Aquilo. Se fizeram, não dá para saber só de olhar para eles. Se eles tivessem se dado um ao outro seu dom precioso, seria de esperar que pelo menos trocassem uns carinhos com os pés por baixo da mesa.

Mas a única coisa íntima que eu vi os dois fazendo foi quando o J.P. deu uma mordida do biscoito Yodel dele para Lilly. E *eu* já dei para ela mordidas do meu biscoito Yodel.

Mas isso não significa que eu esteja prestes a dar a ela o meu dom precioso.

Terça-feira, 7 de setembro, Superdotados e Talentosos

Certo, realmente não é justo que, além da coisa toda de "ter sido colocada na aula de Introdução à Escrita Criativa e não em Escrita Criativa Intermediária", eu ainda seja obrigada a seguir um horário de tarde tão sacal quanto este. Dá uma olhada. Dá só uma OLHADA:

1º tempo	Sala de estudo
2º tempo	Introdução à Escrita Criativa
3º tempo	Inglês
4º tempo	Francês
Almoço	
5º tempo	Superdotados & Talentosos
6º tempo	Educação Física
7º tempo	Química
8º tempo	Pré-Cálculo

Educação física, depois QUÍMICA, depois PRÉ-CÁLCULO??? Será que é demais pedir para ter UMA AULA DIVERTIDA à tarde? UMA COISA QUE DÁ VONTADE DE FAZER???

Mas não, tem de ser a ZONA SACAL das 13h25 em diante.
Falando sério.
Isso simplesmente está errado.

E quem eles acham que estão enganando ao me colocar em álgebra avançada? EU?

Tanto faz. Levando em conta a minha nota horrível no simulado do SAT em matemática, talvez eu consiga convencer meu pai a não me obrigar a ir às aulas de princesa neste ano e ter aulas particulares obrigatórias.

E O MICHAEL PODIA SER O MEU PROFESSOR PARTICULAR!!!!

Ei, não é totalmente impossível. Ele me deu aulas durante todo o curso de Álgebra e de Geometria. E eu passei nos dois. Por que meu pai não pode contratá-lo também para me ensinar Pré-Cálculo?

E quem sabe ele também possa me dar aula de Química. Porque ouvi dizer que essa matéria não é brincadeira.

Ah, maravilha. A Lilly quer conversar sobre a eleição estudantil. Ela disse que vai me indicar hoje no auditório.

Francamente. É que eu não sei. Quer dizer, ela já planejou a nossa plataforma toda e tal. Eu só preciso disputar a eleição.

Mas eu mal tive um minuto para mim mesma no ano passado! E se eu quiser mesmo ser escritora de romances — ou roteirista, ou até mesmo escritora de CONTOS, ou sei lá o quê —, PRECISO ter um tempo só para mim para REALMENTE ESCREVER ALGUMA COISA. Quer dizer, além do meu diário e as *fan fictions* de *Battlestar Galactica*.

E daí tem o Michael. A gente mal conseguiu se ver no ano passado, de tão ocupados que estávamos com a escola. Além de tudo isso, eu ainda tinha coisas de princesa para fazer, isso sem falar do meu irmãozinho, que ainda é bebê. Neste ano, vou ter de largar alguma coisa.

E estou achando que vai ser o governo estudantil.

Por que a LILLY não se candidata ao cargo de presidente? Quer dizer, eu sei que ela acha que todo mundo a detesta, mas isso simplesmente não é verdade. Tenho certeza de que todo mundo já se esqueceu de que ela tentou convencer o conselho a incluir mais um tempo no horário para que todo mundo pudesse ter aula obrigatória de latim.

Mas como é que eu vou informar a ela que não quero concorrer ao cargo? Principalmente porque ela já mandou fazer 75 camisetas de *Vote em Mia*, e está vendo se aluga o telhado da escola para colocarem antenas de celular — ela quer usar a renda extra para comprar *laptops* para os bolsistas da escola.

Cara. Ser responsável é a maior chatice.

Terça-feira, 7 de setembro, Química

Uau. O Kenny Showalter está nesta aula. Será que é impossível fazer uma matéria de ciências nesta escola SEM o Kenny Showalter estar nela?

Parece que não.

De algum modo, ele ficou MAIS ALTO durante o verão. Agora, está do tamanho do Lars.

Infelizmente para ele, no entanto, acho que continua pesando menos do que eu.

Ele simplesmente se sentou do meu lado. Será que vai querer ser meu parceiro de laboratório de novo? Até que não seria a pior coisa do mundo já que, se no ano passado ele não tivesse sido meu parceiro em Ciências da Terra, eu provavelmente teria levado pau. Ou pelo menos teria tirado alguma coisa muito pior do que um C.

Ei! O J.P. acabou de entrar. O J.P. também está nesta aula!

Graças a Deus. Pelo menos tem UMA pessoa normal para quem eu posso perguntar o que está acontecendo. Quer dizer, o Kenny é ótimo e tudo o mais, mas sabe como é. Sempre existe aquela TENSÃO entre nós, por ele ter me dado o pé na bunda quando achou que eu estava apaixonada pelo Boris Pelkowski. Meu Deus, já faz tanto tempo! Era de se pensar que nós dois já teríamos superado, mas ela continua lá, essa leve tensão entre nós, quando ele faz a lição de casa para mim.

Acabei de acenar para o J.P. sentar do meu lado, o que ele rapidamente fez. Meu Deus, ele é superlegal. Fico TÃO feliz por a Lilly estar saindo com ele... Preciso confessar que eu passei um bom tempo sem confiar muito no gosto dela por caras, com o Jangbu e o Franco e tudo o mais. Mas ela realmente se redimiu com...

Uau. O Kenny acabou de me passar um bilhete.

Mia — eu não sabia que você ia fazer química neste ano. Quer ser minha parceira de laboratório de novo? Por que romper a tradição?

POR QUE O KENNY QUER SER O MEU PARCEIRO DE LABORATÓRIO???? Quer dizer, tirando o fato de a minha letra ser melhor do que a dele, não vejo nenhuma vantagem possível em ele ser meu parceiro de laboratório. É verdade, ele não sabe como a minha nota no simulado do SAT de matemática foi horrível.

Mas ele SABE que eu sou horrível em ciências. Só sirvo para atrapalhar nossas iniciativas grupais!

Ah, não, espera. O J.P. acabou de me passar um bilhete.

Oi Mia. Não sabia que você ia fazer Química com o Hipskin neste semestre. Parece que ele é bom. Quer ser minha parceira de laboratório? Acho que foi isso que o Showalter acabou de perguntar para você no bilhete que ele passou. Deixa ele para lá, ele só impede seu avanço com os protestos constantes sobre l'amour. Eu sou o que você precisa.

O que é engraçado, mas... ai, meu Deus. O que eu faço? Eu QUERO ser parceira de laboratório do J.P. porque eu gosto mesmo do J.P. Ele é muito divertido e, além do mais, só tira A — menos em inglês no ano passado, já que ele TAMBÉM pegou a sra. Martinez (só que em um horário diferente do meu) e ela deu para ele B, como deu para mim, porque — nós chegamos à conclusão de que — ela não gosta do nosso estilo de escrita.

Mas o Kenny pediu primeiro. E o Kenny e eu somos SEMPRE parceiros. Ele tem razão, não podemos romper a tradição.

POR QUE ESSAS COISAS SEMPRE ACONTECEM COMIGO????

Espera, eu posso dar um jeito; quer dizer, não foi pra nada que eu recebi DOIS ANOS de instruções sobre diplomacia.

Eu sei... vamos ser nós TRÊS parceiros de laboratório, certo?
— Mia

Ao que Kenny respondeu:

Legal! Aliás, gostei do seu corte de cabelo novo. Você está igualzinha ao Anakin Skywalker em A ameaça fantasma. Sabe qual, aquele em que ele faz corrida de pod?

Beleza. Estou igual a um menino de nove anos.
O J.P. acabou de escrever:

Muito habilidoso da sua parte, pequeno gafanhoto. Vejo que o seu sensei a ensinou bem.

Sensei! É a primeira vez que vejo alguém se referir à minha avó ASSIM.

Será que ela ficaria ofendida se soubesse?

Está de brincadeira? Já estou imaginando ela vestida com um daqueles uniformes de caratê, com um bastão comprido, dizendo para mim que "algumas lições não podem ser ensinadas. Precisam ser vividas para serem compreendidas".

À la Terence Stamp em Elektra. Legal. Só que isso se chama gi.

O que se chama assim?

O uniforme de caratê. Você não é iniciada em artes marciais?

Desculpe. Mas sei servir um chá formal.

Bom, então obviamente você está pronta para encarar a vida.

Êêê. É divertido conversar com o J.P. É como conversar com uma menina, só que é melhor, porque ele é menino. Mas não tem tensão sexual, porque eu sei que ele gosta da Lilly.

Acho que isto aqui não vai ser assim tão ruim. Quer dizer, tirando toda a parte da química.

— Matéria —   — Substâncias puras —   — Misturas —

Elementos   Compostos   Homogêneas
                                                                           Heterogêneas

Substância pura — composição constante
Elemento — composto de um único átomo
Composto — dois ou mais elementos em um coeficiente específico
Mistura — combinações de substâncias puras

     Só faltam seis horas até eu encontrar o Michael. Por favor, Deus, não permita que eu morra de tédio antes disso.

Terça-feira, 7 de setembro, Pré-Cálculo

Diferencial — encontrar a derivada
Derivada = variação
Derivada também taxa

Integração

Série infinita
Série divergente
Série convergente

Espera.
Certo.
O quê?

Eles TÊM de estar de brincadeira.

Só faltam cinco horas para eu encontrar o Michael.

Terça-feira, 7 de setembro, Auditório

Certo, foi TOTALMENTE ridículo. Só uma pessoa foi indicada para presidente do conselho estudantil:
Eu.
Parece que estou disputando o cargo sem oposição.
A diretora Gupta está superdecepcionada com a gente. Dá para ver. Acho que eu também estou. Quer dizer, eu sabia que a nossa escola era ridícula e tudo o mais. É só ver como todo mundo saiu para comprar o CD novo do Diddy, apesar de SABEREM que ele está escondendo informação sobre o assassinato do Biggie Small da polícia de Los Angeles.
Mas isso é ridículo.
A Lilly praticamente chorou. Acho que na verdade não é uma vitória quando não há ninguém a derrotar. Tentei dizer a ela que foi porque fizemos um trabalho tão bom no ano passado que as pessoas acharam que não adiantava nada ir contra nós, porque a gente venceria de todo jeito.

Mas daí a Lilly observou que todo mundo só estava trocando mensagens de texto, falando o que iria fazer depois da escola, sem prestar a mínima atenção ao que estava acontecendo, então é bem provável que não fizessem mesmo NENHUMA IDEIA. Provavelmente acharam que era só mais uma convocação para uma palestra antidroga.

DEVER DE CASA

Sala de Estudo: nada

Introdução à Escrita Criativa: Descreva uma cena vista da sua janela

Inglês: *Franny e Zoey*

Francês: Terminar de *décrire un soir amusant avec les amis*

Superdotados & Talentosos: Preparar um resumo para a sra. Hill dizendo qual é o seu objetivo para Superdotados & Talentosos neste semestre

Educação Física: Lavar o short de ginástica

Química: Perguntar para o Kenny ou o J.P.

Pré-Cálculo: Falando sério. Esta aula TEM de ser piada.

EU, PRINCESA???? CERTO, ATÉ PARECE
Um roteiro de Mia Thermopolis
(primeiro rascunho)

Cena 13

INTERIOR / DIA — The Palm Court no hotel Plaza em Nova York. *Close-up* no rosto de MIA enquanto ela tenta digerir o que o seu pai, o PRÍNCIPE PHILLIPE, acaba de lhe dizer.

MIA
(lutando contra as lágrimas e os soluços)
Eu NÃO vou me mudar para a Genovia.

PRÍNCIPE PHILLIPE
(usando seu tom de voz grave, de "vamos ser razoáveis")
Mas, Mia, achei que você tinha entendido...

MIA
Só entendi que você *mentiu* para mim durante toda a minha vida. Por que eu deveria ir morar com *você*?

MIA ergue-se da mesa num salto, derruba a cadeira e sai correndo do restaurante, quase jogando no chão o porteiro esnobe pelo caminho.

Terça-feira, 7 de setembro, W Hotel

Estão transformando o Plaza em prédio de apartamentos luxuosos. E Grandmère já comprou a cobertura.

Mas o lugar ainda está em reforma. E Grandmère não pode ficar lá com tanto pó, por causa da sinusite. Isso sem falar no barulho, que começa impreterivelmente às 7h30 da manhã.

Então ela adotou o W Hotel como sua residência provisória.

E parece que não está gostando muito.

"Isto", Grandmère ia dizendo, quando eu entrei na suíte dela — que, posso dizer?, é simplesmente legal para caramba? Quer dizer, não é bem o estilo dela (é mais moderna do que afrescalhada — com listras e couro em vez de estampas florais e renda), mas tem vista para cima e para baixo da ilha de Manhattan, e muita madeira brilhante — "é completamente inaceitável".

Ela estava dizendo isso para um cara de terno com um crachazinho dourado que dizia Robert.

O Robert estava com cara de quem queria se matar.

Eu me solidarizei. Eu sei como Grandmère é quando começa a dar ataque.

E este parecia ser dos grandes.

"Margaridas?" A voz de Grandmère estava em tons gélidos. "Os seus funcionários acham mesmo que *margaridas* são as flores apropriadas para adornar o quarto da princesa viúva da Genovia?"

"Sinto muito, madame", o Robert respondeu. Eu vi quando ele deu uma olhadinha para mim, toda esparramada em cima do sofá branco de arrasar na frente da TV de plasma que — sim — aparece do nada quando a gente aperta um botão, como o Joey sempre quis ter em *Friends*.

Dava para ver que o Robert estava precisando de uma mãozinha.

Mas eu não ia me deixar envolver nessa coisa de jeito nenhum. Eu me debrucei por cima do meu roteiro e fiquei escrevendo, muito compenetrada. O J.P. disse que, quando eu terminar, ele conhece um produtor que teria muito interesse em ler. Muito interesse! Isso quer dizer que já está praticamente vendido!

"Nós colocamos gérberas em todos os nossos quartos", o Robert prosseguiu, ao ver que não ia obter a minha ajuda. "Ninguém nunca reclamou."

Grandmère olhou para ele como se tivesse acabado de dizer que ninguém também nunca pegou um punhal e cometeu suicídio na frente dele.

"Por acaso alguma PRINCESA já ficou hospedada neste hotel antes?", ela quis saber.

"Na verdade, a princesa da Tailândia esteve aqui na semana passada mesmo, antes de se acomodar em seu alojamento da Universidade de Nova York", o Robert começou.

Eu fiz uma careta. Resposta errada, Robert! Que pena. Obrigada por ter participado.

"TAILÂNDIA?" Grandmère só ficou olhando com fúria para ele. "Você tem alguma ideia de QUANTAS PRINCESAS DA TAILÂNDIA EXISTEM?"

Robert pareceu entrar em pânico. Ele sabia que tinha agido mal. Simplesmente não sabia o que tinha feito. Coitado. "Hm... não?"

"Dúzias. Pode-se dizer até mesmo centenas. Sabe quantas princesas viúvas da Genovia existem, rapazinho?"

"Hm." O Robert estava com cara de quem desejava pular pela janela. Eu não o culpo. "Uma?"

"Uma. Está correto", Grandmère disse. "Você não acha que se a ÚNICA PRINCESA VIÚVA DA GENOVIA pede rosas para o quarto dela — rosas cor-de-rosa e brancas, NÃO margaridas-gérberas cor de laranja, que podem até ser as flores do momento, mas ROSAS nunca saem de moda —, você não acha que DEVE FORNECÊ-LAS PARA ELA? Principalmente levando-se em conta que o cachorro dela é alérgico a *plantas do campo*?"

O olhar de todo mundo foi para o Rommel que, longe de parecer estar sofrendo algum tipo de reação alérgica a qualquer coisa, roncava todo contente em sua caminha de cachorro folheada a ouro, tremendo um pouco enquanto sonhava com sei lá o quê que os cachorros sonham — no caso de Rommel, de fugir de sua dona, sem dúvida.

"Como se", Grandmère acrescentou, "já não fosse bem ruim o fato de vocês terem capim de verdade PLANTADO no *lobby*."

Ai. Essa doeu. Eu tinha reparado nisso quando entrei. É um pouco *moderno* ter capim plantado no *lobby*. Quer dizer, para o gosto de Grandmère, pelo menos. Ela prefere balinhas de menta em recipientes de cristal.

"Compreendo, madame", Robert disse, fazendo mesmo uma pequena mesura. "Vou... vou providenciar para que rosas cor-de-rosa e brancas sejam enviadas imediatamente. Não tenho como pedir desculpas por essa falha..."

"Não", Grandmère disse, erguendo uma das sobrancelhas desenhadas. "Não tem mesmo. Adeus."

Robert, engolindo em seco, deu meia-volta e saiu correndo do quarto. Grandmère esperou até que ele desaparecesse para se jogar em uma das poltronas cromadas de couro preto na frente do meu sofá.

Mas é claro que este não é exatamente o tipo de poltrona em cima do qual é possível se jogar com tanta facilidade assim. Porque o couro é meio escorregadio.

"Amelia!" Grandmère gritou enquanto deslizava por cima do assento. "Isso é despropositado!"

"Eu gosto", eu disse. E gosto mesmo. Acho que o W é legal. Tudo aqui é muito brilhante.

"Você é louca", Grandmère disse. "Sabe que eu pedi um Sidecar, e entregaram em um COPO SEM PÉ?"

"E daí? Assim tem mais para aproveitar."

"Sidecars nunca são servidos em COPOS SEM PÉ, Amelia. ÁGUA é servida em copos sem pé. Um Sidecar SEMPRE é servido em um copo de coquetel com haste. MEU DEUS, O QUE ACONTECEU COM O SEU CABELO???"

Grandmère de repente ficou sentada toda ereta na poltrona de couro dela.

"Acalme-se", respondi. "Eu só cortei um pouquinho..."

"UM POUQUINHO??? Você está parecendo um cotonete."

"Vai crescer de novo", digo, só por dizer. Porque a verdade é que eu planejo não deixar crescer. Estou realmente gostando de ter cabelo curto. Não precisa fazer NADA com ele. E, quando a gente olha no espelho, a cabeça está sempre igual. Existe algo reconfortante nisso. Quer dizer, é CANSATIVO ver algum desastre novo aparecer na sua cabeça cada vez que você vê o seu reflexo.

"Como você pretende usar tiaras se não tem nada em que os pentes se segurarem?", Grandmère quis saber.

Essa é realmente uma boa pergunta. E certamente algo que ninguém se lembrou de comentar no Astor Palace Cabeleireiros, principalmente a minha mãe, que disse que o meu cabelo curto novo lembrava Demi Moore em *G.I. Jane — Até o limite da honra*; na hora, achei que era um elogio.

"Velcro?", perguntei cheia de tato.

Mas Grandmère não achou minha piada assim tão engraçada.

"Não vai nem adiantar mandar chamar o Paolo", ela disse, "porque não parece que sobrou alguma coisa com que trabalhar."

"Não está assim TÃO curto", eu disse e coloquei a mão na cabeça para sentir as pontas. Bom, pensando melhor, talvez esteja. Ah, azar. "Tanto faz. É só CABELO. Vai crescer de novo. Não temos coisas mais importantes com que nos preocupar, Grandmère? Quer dizer, o Irã, os tribunais religiosos fundamentalistas que continuam sentenciando mulheres rotineiramente à morte por crimes como adultério, quando são enterradas na areia até o pescoço e apedrejadas... Agora! Coisas assim estão acontecendo NESTE MOMENTO!!!! E você está preocupada com o meu CABELO???"

Grandmère só sacudiu a cabeça. Nunca dá para distraí-la com acontecimentos da atualidade. Se não tiver nada a ver com a realeza, ela simplesmente não se importa.

"Isso não poderia ter acontecido em um momento pior", ela prosseguiu, como se eu não tivesse dito nada. "A *Vogue* acabou de entrar em contato com o relações-públicas real, pedindo uma entrevista com sessão de fotos para a edição de férias de inverno. O artigo faria com que centenas de mulheres desejosas de tirar férias em algum lugar quente prestassem atenção na Genovia. Isso sem contar que o seu pai está aqui para o encontro da assembleia-geral da ONU."

"Que bom!", eu gritei. "Quem sabe ele pode falar sobre a coisa do Irã! Sabe que também proibiram a música ocidental lá? E, que, apesar de afirmarem que seu interesse pelo desenvolvimento de energia nuclear está relacionado apenas ao fornecimento de energia, e não ao uso militar, o país escondeu durante vinte anos pesquisas atômicas da Agência de Energia Atômica que comprovam o contrário? Quem está preocupada com férias de inverno, se podem jogar uma bomba em cima da gente a qualquer momento?"

"Suponho que seja possível arrumar uma peruca para você", Grandmère disse. "Mas não sei como podemos conseguir uma idêntica ao seu antigo corte de cabelo. Não se fazem perucas no formato de velas de barco. Quem sabe podemos encontrar uma peruca mais comprida e pedir para o Paolo cortar..."

"*Você ouviu alguma coisa que eu disse?*", eu quis saber. "Existem coisas mais importantes com que se preocupar agora do que o meu cabelo. Você sabe como vai ser complicado para nós se o Irã tiver uma bomba nuclear? Eles ENTERRAM MULHERES ATÉ O PESCOÇO E AS APEDREJAM POR IREM PARA A CAMA COM CARAS COM QUEM NÃO SÃO CASADAS. Você acha que eles vão pensar muito para decidir na cabeça de quem devem jogar uma bomba?"

"Talvez", Grandmère disse, pensativa, "possamos fazer com que você fique ruiva. Ah, não, nunca vai dar certo. Com este cabelo, você está igualzinha àquele garoto da capa daquelas revistas *Mad* que o seu pai lia o tempo todo quando tinha a sua idade."

Numa boa. Nem adianta querer falar com ela. Será que eu realmente achei que uma mulher com tanto preconceito contra gérberas poderia me escutar?

Às vezes, fico com vontade de enterrar Grandmère até o pescoço na areia e ficar jogando pedras na cabeça DELA.

Terça-feira, 7 de setembro, 19h, no loft

O Michael está aqui!!!!! Para me levar ao Number One Noodle Son para jantar. Neste momento, está conversando com a minha mãe e o sr. G enquanto eu "me arrumo". Ele ainda não me viu.

Nem o meu corte de cabelo.

Eu sei que estou sendo criança em relação a isso, total. Sei que está bom. Minha mãe fica repetindo que está bom. Até o sr. G, quando eu perguntei a ele, disse que não acha que estou com cara de Peter Pan NEM de Anakin Skywalker.

Mesmo assim. E se o Michael detestar? Na revista *Sixteen* sempre falam que os meninos gostam de meninas de cabelo comprido. Pelo menos quando fazem aquelas entrevistas na rua com qualquer um que passa. Mostram fotos da Keira Knightley de cabelo curto e da Keira Knightley de cabelo comprido para garotos do Ensino Médio aleatórios, parados na frente de lojinhas de conveniência ou sei lá o quê, e pedem para escolherem qual gostam mais.

E nove em cada dez vezes eles escolhem a Keira de cabelo comprido.

Claro que nenhum desses garotos nunca é o Michael. Mas, mesmo assim...

Bom, tanto faz. O Michael simplesmente vai ter de aceitar.

Certo, quem sabe mais um pouquinho de musse...

Dá para ouvir que agora ele está falando com o Rocky. Não que alguém consiga entender qualquer palavra que o Rocky diz, tirando "caminhão" e "gatinho" e "biscoito" e "mais" e "não" e "MEU", que é a extensão total do vocabulário dele. Parece que isso é normal para uma criança da idade dele, e que Rocky não sofre de nenhum tipo de retardamento mental.

Ainda assim, não é muito fácil ter uma conversa com ele. Mas é claro que eu acho infinitamente fascinante. Mas ele é MEU irmão.

Escute só como o Michael está sendo paciente! O Rocky só está repetindo "caminhão" uma vez atrás da outra, e o Michael está falando assim: "É. É um caminhão muito lindo mesmo", do jeito mais fofo possível. Ele seria um pai ótimo! Não que eu tenha qualquer intenção de ter filhos antes de acabar a faculdade e me juntar aos Guerreiros da Paz e colocar fim ao aquecimento global, é claro.

Mesmo assim, é bom saber que, quando eu estiver pronta, o Michael vai estar à altura da tarefa.

Ah! Acabei de dar uma olhadinha nele! Ele está óóótimo, tão alto e bonito e moreno e de ombros largos e ah! Acho que ele acabou de fazer a barba e não acredito que faz um MÊS inteiro que a gente não se vê e...

Ai, meu Deus. O meu cabelo está mais curto do que o dele.

O MEU CABELO ESTÁ MAIS CURTO DO QUE O DO MEU NAMORADO.

O que foi que eu fiz?

Terça-feira, 7 de setembro, na cozinha do Number One Noodle Son

Certo.

Certo. Estou tentando entender tudo isto.

Foi por isso que pedi ao Kevin Yang para ficar aqui na cozinha alguns minutos. Porque eu simplesmente preciso de um tempinho sozinha para entender o que está acontecendo. E tem alguém no banheiro feminino. Alguém que parece não perceber que há garotas aqui cuja vida está desmoronando e que precisam fingir que vão lavar as mãos para poderem pensar a respeito do que fazer em relação a isso.

E, tudo bem, aqui o ambiente é meio agitado e quente e cheio de gente, porque todos os noventa primos do Kevin trabalham aqui, e está na hora de maior movimento do jantar, e parece que todo mundo pediu pato Pequim. Então, para todo lado que eu olho, só vejo cabeças sorridentes de pato.

Mas pelo menos posso retomar o fôlego um minuto e tentar entender o que está acontecendo.

Simplesmente não entendo.

Ah, não estou falando da reação do Michael ao meu cabelo. Quer dizer, ele ficou *surpreso* de ver que estava tão curto.

Mas, tipo, ele não achou ruim. Disse que eu estava fofa — tipo a Natalie Portman quando fez Evey Hammond em *V de Vingança*.

E me deu um abração e um beijo. E daí um abraço e um beijo ainda MAIORES quando a gente chegou ao corredor e a minha mãe e o sr. G não estavam lá e o Lars ainda estava ajeitando o coldre de ombro dele. Eu pude cheirar o pescoço do Michael, e juro, todas as sinapses do meu cérebro devem ter lançado uma megadose de serotonina por causa dos feromônios dele, porque depois eu me senti totalmente relaxada e feliz.

E dá para *ver* que ele se sente da mesma maneira em relação a mim. Ele segurou a minha mão durante todo o trajeto até o restaurante, e conversamos sobre tudo o que aconteceu desde a última vez que nós nos falamos — de a Grandmère ser expulsa do Plaza e de a Lilly ter ficado loira (não perguntei para ele se achava que a Lilly e o J.P. tinham Feito Aquilo na casa de campo deles no fim de semana, porque tento evitar conversas que envolvem sexo, já que parece que isso só serve para lembrar o Michael que nós não fazemos isso e o desejo dele pega fogo) e a habilidade do Rocky com o velocípede dele e os drs. Moscovitz e a quase volta deles.

Então, quando a gente chegou ao restaurante, a Rosey, a recepcionista, colocou a gente na mesa de sempre perto da janela, e convidou o Lars para sentar no bar com ela, onde poderia me observar e assistir ao jogo de beisebol ao mesmo tempo.

E pedimos o meu prato preferido, macarrão de gergelim frio, e o prato preferido do Michael, costeletas grelhadas, e nós dividimos uma sopa agridoce e o Michael comeu frango *kung pao* e eu comi vagem refogada e daí eu disse: "Então, quando você vai se mudar para o alojamento? As aulas ainda não começaram?", e o Michael respondeu: "Era sobre isso que eu queria falar com você. Era por isso que eu queria esperar para contar pessoalmente."

E eu fiquei, tipo: "Ah é?", pensando que ele ia falar alguma coisa do tipo de morar em um apartamento sozinho porque estava cansado de dividir o quarto com outro cara, ou talvez que ia morar com o pai porque o dr. Moscovitz andava se sentindo muito sozinho. Aliás, eu estava tão certa de que o que o Michael ia me dizer não era nada de mais que enchi a boca de macarrão de gergelim frio antes de ele dizer:

"Lembra daquele projeto em que eu estava trabalhando no verão? O braço robotizado?"

"Aquele que ajuda os médicos a fazer cirurgia não invasiva com o coração batendo?", eu disse, em volta do macarrão. "Ãh-ram."

"Bom", o Michael disse. "Tenho uma notícia muito boa: ele funciona de verdade. Pelo menos, o protótipo funciona. E o meu professor ficou tão impressionado que contou para um colega de uma empresa no Japão sobre o projeto — uma empresa que está tentando aperfeiçoar sistemas de cirurgia robotizada que podem funcionar sem a assistência de cirurgiões —, e o colega dele quer que eu vá para o Japão para ver se a gente consegue construir um modelo que funcione de verdade para ser usado na sala de cirurgia."

"Uau", eu disse, engolindo o macarrão e colocando mais um montão na boca. Quer dizer, eu estava praticamente morrendo de fome. Não tinha comido nada desde a salada de três feijões do almoço. Ah, e umas ervilhas com *wassabi* fantásticas no quarto de hotel da Grandmère (que ela experimentou e teve um ataque. "CADÊ AS DRÁGEAS DE AMÊNDOA?", gritou para o tal do Robert.

Coitadinho.) "Então, quando você vai? Em algum fim de semana ou o quê?"

"Não", o Michael respondeu, sacudindo a cabeça. "Você não entendeu. Não vai ser só um fim de semana. Seria até o projeto estar concluído. O meu professor deu um jeito de eu receber créditos completos para o curso, além de uma boa ajuda de custo enquanto eu estiver lá."

"Então." Cara, aquele macarrão estava bom mesmo. Uma das muitas coisas chatas a respeito de passar o verão na Genovia: lá não tem macarrão gelado de gergelim. "Tipo uma semana?"

"Mia", o Michael disse. "Só o protótipo ocupou o verão inteiro. Construir um modelo que realmente funcione, com console com um aparelho de ressonância magnética e raio X em tempo real pode demorar até um ano. Ou mais. Mas é uma oportunidade fantástica, que eu não posso recusar. Algo que eu criei tem o potencial de ajudar a salvar milhares de vidas. E eu preciso estar lá para ter certeza de que vai dar certo."

Espera. Um ano? Ou MAIS?

Claro que comecei a me engasgar com o meu macarrão de gergelim frio e o Michael teve de se esticar por cima da mesa e dar um tapa nas minhas costas e eu tive de beber a minha água gelada e a Coca dele antes de conseguir voltar a respirar.

E, quando consegui respirar, a única coisa que fui capaz de dizer, foi: "O quê? O QUÊ?", uma vez atrás da outra.

E, apesar de o Michael estar tentando explicar — com a maior paciência, como se eu fosse o Rocky mostrando meu caminhão para ele sem parar —, a única coisa que eu ouvia dentro da minha cabeça era: "Pode demorar um ano. Ou mais. Mas é uma oportunidade fantástica, que eu não posso recusar. Pode demorar um ano. Ou mais. Mas é uma oportunidade fantástica, que eu não posso recusar."

O Michael vai se mudar para o Japão. Por um ano. Ou mais.

Ele viaja na sexta.

Deu para perceber por que eu pedi licença para sair. Afinal, em que universo isso faz algum sentido? No Universo Bizarro, talvez. Mas não no MEU universo. Não no universo que o Michael e eu compartilhamos.

Ou naquele que eu pensava que a gente compartilhava.

Enquanto as palavras ricocheteavam dentro da minha cabeça — *pode demorar um ano. Ou mais. Mas é uma oportunidade fantástica, que eu não posso recusar* —, eu fiquei, tipo: "Uau, Michael. Que maravilha. Fico muito feliz por você", mas a voz da minha mente dizia: "*É por causa de MIM?*"

E daí, de um modo, a voz SAIU da minha mente e, antes que eu pudesse enfiá-la lá dentro de novo, as palavras já estavam saindo da minha boca: "É por causa de MIM?"

E o Michael ficou com cara de quem não estava entendendo nada e ficou, tipo: "O quê?"

Foi um pesadelo total. Porque, apesar de dentro da minha cabeça eu estar dizendo: "Cala a boca. Cala a boca. Cala a boca", minha boca parecia ter vontade própria. Um segundo depois, antes que eu pudesse me segurar, a minha boca já dizia: "É por causa de mim? Você vai se mudar para o Japão porque eu fiz alguma coisa?" E daí a minha boca falou assim: "Ou porque eu NÃO FIZ alguma coisa?"

E daí eu só queria poder enfiar todo o macarrão de gergelim frio do mundo na boca, só para me fazer ficar quieta.

Mas o Michael já estava sacudindo a cabeça. "Não, é claro que não. Mia, você não percebe? Essa é uma oportunidade incrível. A empresa já colocou engenheiros mecânicos para fazer protótipos do meu projeto. Do MEU projeto. De alguma coisa que eu fiz, que pode mudar o curso da cirurgia moderna como a conhecemos. Claro que eu preciso estar lá."

"Mas eles precisam fazer isso no *Japão*?", minha boca perguntou; "Não existem engenheiros mecânicos aqui em Manhattan? Tenho quase certeza de que existem. Acho que o pai da Ling Su faz isso!"

"Mia", o Michael explicou, "este é o grupo mais inovador e avançado em pesquisa robótica no mundo. A matriz deles fica em Tsukuba, que é praticamente o Vale do Silício do Japão. É lá que ficam os laboratórios de pesquisa deles. Todo o equipamento fica lá... tudo de que eu preciso para transformar o meu protótipo em um modelo operante. Eu preciso ir para lá."

"Mas você vai voltar", eu disse. O meu cérebro estava começando a assumir o controle da minha boca de novo. Graças a Deus. "Para, tipo, passar o Dia de Ação de Graças e o Natal e as férias de primavera e tudo isso aqui." Porque as engrenagens da minha cabeça estavam girando e eu estava pensando: *Bom, tudo bem, não vai ser assim tão ruim. Claro, o meu namorado vai estar no Japão, mas a gente ainda vai se ver nas férias. Não vai ser assim TÃO diferente do ano letivo. E assim eu vou ter mais tempo para realmente me organizar e talvez entender sobre o que o sr. Hipskin fala na aula de química e que porcaria está acontecendo em Pré-Cálculo e talvez até estudar um pouco para ir melhor no SAT de matemática, e que diabo, talvez eu aceite mesmo o cargo de presidente do conselho estudantil no final das contas, vou poder terminar o meu roteiro E talvez um romance...*

E foi aí que o Michael esticou o braço para o meu lado da mesa e disse: "Mia, esse projeto tem meio que um prazo apertado. Para que a gente consiga colocá-lo no mercado o mais rápido possível, não vamos poder descansar. Então... não, eu não vou vir para casa no Dia de Ação de Graças nem no Natal. É possível que eu só volte no próximo verão, quando provavelmente já vamos ter alguma coisa para demonstrar em ambiente cirúrgico real."

Ouvi as palavras saindo da boca dele. Eu sabia que ele estava falando inglês. Mas, igualzinho tinha acontecido com o sr. Hipskin na aula de química, o que o Michael dizia não fazia o menor sentido. O próximo verão é *daqui a um ano*. Basicamente, o Michael estava dizendo que ia ficar longe — sem me ver — durante um ANO.

E, tudo bem, claro que eu poderia pegar um avião e ir até o Japão visitá-lo. Nos meus sonhos. Porque NÃO VAI TER JEITO de eu convencer o meu pai a me deixar levar o jatinho real genoviano para o *Japão* para visitar o meu *namorado*.

E ele nunca ia me deixar, de jeito nenhum, viajar em uma empresa comercial. Todos os agentes federais do mundo não convenceriam a Grandmère — muito menos o meu pai — de que o tráfego aéreo comercial é seguro para integrantes da realeza.

Foi aí que eu pedi licença para me retirar. É por isso que estou sentada aqui. Porque nada disso faz o menor sentido.

Não me importo se a oportunidade é ótima ou não.

Não me importo quanto dinheiro ele vai poder ganhar com isso, nem quantos milhares de vidas ele vai poder salvar.

Por que algum cara que ama a namorada tanto quanto o Michael afirma me amar iria querer ficar separado dela durante um ANO?

E o Kevin Young também não ajuda em nada. Ele simplesmente deu de ombros quando eu perguntei isso a ele, e falou assim: "Eu nunca entendi o Michael, desde o primeiro dia que ele entrou aqui quando tinha dez anos. Ele pediu o molho de pimenta para colocar nos meus bolinhos. Como se já não fossem bem apimentados!"

E o Lars, que enfiou a cabeça aqui dentro há um minuto para ver onde eu tinha me metido, só falou assim: "Bom, sabe como é. Às vezes, os homens simplesmente precisam fazer esse tipo de coisa para provar algo."

Para QUEM? Não sou *eu* que deveria importar? *Eu* não quero que o Michael vá passar um ano no Japão.

E dá licença, mas até parece que ele está indo para o deserto de Gobi para fazer flexões de braço e atirar em silhuetas de papelão imitando terroristas como o Lars fez quando ELE decidiu que precisava provar algo. Ele só vai para algum laboratório de informática no Japão!

E, sim, compreendo que o negócio de braço robotizado dele pode vir a salvar milhares de vidas.

MAS E A *MINHA* VIDA?

Certo, isto aqui realmente não está ajudando em nada.

E a visão de todas essas cabeças de pato simplesmente é psicologicamente perturbadora para mim.

Quer dizer, não tão psicologicamente perturbador quanto o fato de que parece que o meu namorado vai morar no Japão durante um ano.

Mas quase.

Vou voltar lá. Eu preciso dar o meu apoio. Vou ficar feliz pelo Michael. Não vou dizer nada sobre a questão de que se ele me amasse de verdade, não iria. Porque não posso ser egoísta. Já tive o Michael só para mim por quase dois anos. Não posso isolá-lo do restante do mundo, que realmente precisa dele e da inteligência dele.

Só que...

O QUE EU VOU FAZER SE NÃO PUDER CHEIRAR O PESCOÇO DELE????

Pode ser que eu morra.

Terça-feira, 7 de setembro, 22h, no loft

Eu não devia ter feito aquilo.

Eu sei que não devia ter feito aquilo.

Não sei por que eu não consegui ficar de boca fechada. Não sei por que não consegui fazer os meus lábios dizerem as coisas que eu queria que eles dissessem, tipo: "Michael, estou muito orgulhosa de você" e "Realmente, essa é uma ótima oportunidade."

Quer dizer, eu disse MESMO essas coisas. Disse sim.

Mas daí, quando a gente estava caminhando de volta para casa por aquela pista de bicicleta que ladeia o rio Hudson (o Lars mal conseguia acompanhar, de tão rápido que a gente andava... bom, mas principalmente porque o Lars estava mandando mensagens de texto pelo Sidekick dele enquanto a gente caminhava, mas tanto faz), porque a noite estava tão linda e eu ainda não estava a fim de ir para casa, porque eu queria aproveitar cada minuto dos meus últimos dias com ele — e o Michael estava me contando sobre como estava animado de se mudar para o Japão, e como no café da manhã eles comem macarrão lá, e como o *shumai* que se compra na rua lá é bem melhor do que o *shumai* do Sapporo East —, de algum modo as palavras "Mas, Michael... e NÓS?" escorregaram para fora da minha boca, antes que eu conseguisse segurar.

E isso é provavelmente a coisa mais ridícula e mais idiota que uma garota na minha posição poderia ter dito; é algo bem típico das Lanas Weinbergs da vida. Falando sério. Daqui a pouco eu vou começar a puxar o fecho do meu próprio sutiã e dizer: "Por que você usa sutiã, Mia? Você não precisa disso."

Mas o Michael nem pestanejou. Ele disse assim: "Acho que vai ficar tudo bem conosco. Claro que eu vou ficar com saudade de você. Mas eu preciso reconhecer que vai ser bem mais fácil sentir saudade de você do que estar perto de você, como tem sido ultimamente."

E eu totalmente fiquei paralisada no meio da pista de bicicleta e falei assim: "O QUÊ?"

Porque eu *sabia*. Eu **sabia** total. Eu tinha perguntado se parte da decisão dele de ir tinha a ver comigo.

E acontece que eu tinha razão.

"É só que", ele respondeu, "às vezes eu não sei mais quanto tempo eu vou conseguir aguentar."

E, como resposta, eu falei, tipo: "Aguentar O QUÊ?" Porque eu não fazia A MENOR IDEIA do que ele estava falando.

"Estar com você o tempo todo", ele respondeu. "E não... você sabe."

Eu CONTINUEI sem entender (é, eu sei que sou eu quem sofre de retardamento mental no final das contas, não o Rocky).

Eu fiquei, tipo: "Estar comigo o tempo todo e não O QUÊ?"

E o Michael finalmente teve de dizer: "Não transar."

!!!
!!!
!!!

É isso mesmo. Parece que o meu namorado não se importa tanto assim de mudar para o Japão, porque isso é mais fácil do que ficar perto de mim sem transar.

Acho que eu deveria me considerar sortuda, já que está claro que o meu namorado é maníaco por sexo, e eu provavelmente tenho sorte de me livrar dele.

Mas é claro que isso não me ocorreu na hora. Na hora, eu fiquei tão chocada com o que ele me disse que precisei me sentar.

E o lugar para sentar mais próximo era um balanço no playground do Parque do rio Hudson.

Então eu me sentei em um balanço, abaixei os olhos e fiquei olhando para os joelhos enquanto o Michael dizia: "Eu disse para você no ano passado que estou disposto a esperar." Ele se sentou no balanço ao lado do meu. "E estou *mesmo* disposto a esperar, Mia. Mas, para dizer a verdade, não sei muito bem como você está achando que vai ser a coisa toda da noite do baile de formatura, já que eu não vou ao seu baile de formatura, porque eu já me formei e meus dias de baile de formatura já chegaram ao fim, e é totalmente cafona as meninas levarem o namorado que está na faculdade ao baile de formatura. Mas tanto faz. O fato é que o seu baile de formatura ainda demora dois anos. E dois anos é muito tempo para a gente continuar... bom, fazendo o que a gente está fazendo. Estou realmente ficando cansado de tomar tanto banho frio."

Eu TOTALMENTE não consegui mais olhar para ele depois disso. Dava para sentir o meu rosto ficando supervermelho. Por sorte, estava escurecendo, então acho que ele não reparou. Quer dizer, as luzes dos postes só estavam começando a acender. Nós éramos os únicos nos balanços, então tipo não tinha ninguém para escutar. O Lars estava fingindo muito interesse na vista do rio, a uns dez metros de distância de nós — mas na verdade ele estava mesmo de olho nas patinadoras bonitinhas —, de modo que ele também não deve ter ouvido.

Mesmo assim. Foi completamente *embaraçoso*.

Quer dizer, acho que eu sei do que o Michael estava falando. Eu sempre fiquei imaginando o que ele fazia, sabe como é, depois de uma sessão de agarrões pesada, em relação à coisa toda do... bom, do que acontecia dentro da calça dele.

Agora, acho que já sei.

"É só que", o Michael prosseguiu, enquanto criancinhas corriam de um lado para o outro no tanque de areia, jogando areia umas nas outras e as mães fofocavam em um banco ali perto, "não é nada fácil, Mia. Quer dizer, parece que é fácil para você..."

"Não é fácil para mim", eu interrompi. Porque NÃO é fácil para mim. Quer dizer, há muitas vezes em que eu penso como seria maravilhoso simplesmente, sabe como é, arrancar as roupas dele e mandar ver. Cheguei até a ponto de começar a achar boa a ideia de deixar ele arrancar as MINHAS roupas, sendo que antes eu já ficava de boca seca só de pensar que ele me veria pelada.

Só que... onde é que essa ação toda de arrancar roupas pode acontecer? No meu quarto, com a minha mãe no quarto ao lado? No quarto DELE, com a mãe DELE no quarto ao lado? No quarto do alojamento dele, com meu guarda-costas no corredor e o colega de quarto dele podendo entrar a qualquer momento?

E os métodos contraceptivos? E o fato de que, uma vez que se Faz Aquilo, a gente não quer fazer NENHUMA OUTRA COISA quando está junto? Quer dizer, adeusinho para as maratonas de filmes de *Guerra nas estrelas*. Olá, pintura corporal comestível.

Tanto faz. Eu já li a *Nova*. Eu sei fazer as contas.

"Certo", o Michael disse. "Mas, bom, levando tudo isso em conta, acho que passar um ano fora pode não ser uma ideia assim tão ruim."

Não dá para acreditar que as coisas se resumem a isso. Falando sério. De repente, eu simplesmente... bom, eu não consegui me conter. Comecei a chorar.

E não consegui mais parar.

O que foi HORRÍVEL da minha parte, porque É CLARO que a viagem dele era uma COISA BOA. Quer dizer, se o negócio de braço robotizado dele pode mesmo fazer tudo o que toda essa gente acha que pode fazer — se a Universidade Columbia está disposta a deixar que ele vá para o Japão e trabalhe para uma empresa lá e receba créditos de curso enquanto faz isso —, bom, então ficar chorando não foi uma atitude adequada para uma princesa, foi?

Mas eu nunca disse que era boa nesse negócio de ser princesa.

"Mia", o Michael disse, saindo do balanço dele para se ajoelhar na areia na frente do meu e segurou as minhas mãos. Ele estava meio que dando risada. Acho que eu também daria risada se visse alguma menina chorando tanto quanto eu. Falando sério, eu parecia uma daquelas criancinhas no tanque de areia, como se tivesse caído no chão e arranhado o joelho. As mães no banco até olharam para mim, assustadas, achando que o som vinha de algum dos filhos dela. Quando viram que era só eu, começaram a cochichar — provavelmente porque me reconheceram da revista de celebridades *Inside Edition* ("A vida romântica da princesa Mia da Genovia sofreu mais um contratempo quando seu namorado de longa data, Michael Moscovitz, aluno da Universidade Columbia, anunciou que se mudaria para o Japão, e a reação da princesa foi ficar chorando em um balanço de parque").

"Isso é algo *bom*, Mia", o Michael disse. "Não só para mim, mas para *nós*. É a minha chance para provar para a sua avó e para todas as pessoas que me acham um ninguém, que não sou bom o bastante para você, que eu realmente *sou* alguém, e pode ser que algum dia até venha a ser digno de você."

"Você é *totalmente* digno de mim", choraminguei. A verdade é que, é claro, eu é que não sou digna *dele*. Mas eu não disse isso em voz alta.

"Muita gente acha que não", o Michael disse.

E eu nem pude exatamente dizer que não era verdade, porque ele tem razão: parece que, semana sim, semana não, a revista de celebridades *US Weekly* traz algum artigo falando sobre quem eu deveria namorar em vez do Michael. O príncipe William estava no topo da lista na semana passada, mas o Wilmer Valderrama sempre é citado mais ou menos a cada mês. Colocam uma foto do Michael saindo da aula ou algo assim, e do lado uma foto do James Franco ou alguém do tipo, e daí colocam, tipo só 2% em cima da foto do Michael, para mostrar que só 2% dos leitores que participaram da pesquisa acham que eu devia ficar com o Michael, e um 98% em cima do James Franco, mostrando que o restante das pessoas acha que eu devia ficar com um cara que não fez nada na vida além de ficar parado na frente de uma câmera dizendo um monte de coisas que outra pessoa escreveu, e daí talvez participar de uma luta de espada que foi coreografada para ele.

E é claro que todo mundo sabe muito bem o que a minha avó pensa sobre a situação, que a coisa já virou quase lenda.

"O negócio é o seguinte, Mia", o Michael disse, com os olhos escuros dele olhando com muita atenção dentro dos meus, não tão escuros assim. "Por mais que você queira fingir que não é verdade, você é uma princesa. Você vai ser princesa *para sempre*. Algum dia, você vai governar um país. Você já sabe qual é o seu destino. Já está tudo determinado para você. Eu não tenho isso. Ainda preciso descobrir quem eu sou e como vou deixar a minha marca no mundo. E se eu quiser ficar com você, vai ter de ser uma marca bem grande, porque todo mundo acha que um cara precisa ser bem especial para ficar com uma princesa. Só estou tentando atender às expectativas de todo mundo."

"Só as *minhas* expectativas é que deviam importar", eu disse.

"São as que mais importam", o Michael disse e apertou as minhas mãos. "Mia, você sabe que eu nunca me contentaria em ser só o seu consorte — andando um passo atrás de você o tempo todo. E eu sei que você nunca seria feliz se eu só fosse isso mesmo."

Fiz uma careta por ter sido lembrada das regras abomináveis que o Parlamento da Genovia impõe para qualquer pessoa com quem eu me case — meu dito consorte, que vai ter de se levantar no momento em que eu me levantar, só erguer o garfo dele depois que eu erguer o meu, não se envolver em nenhum tipo de atividade arriscada (tipo ser piloto de carro ou de barco de corrida, alpinista, paraquedista etc.) até o momento em que um herdeiro seja produzido, abrir mão de seus direitos, para o caso de divórcio ou anulação, de ter a custódia sobre qualquer criança nascida durante o casamento... e também abrir mão da cidadania de seu país de origem e adotar a cidadania da Genovia.

"Não que eu não esteja disposto a fazer aquelas coisas", o Michael prosseguiu. "Para mim não faria mal se eu soubesse que... bom, que eu também tinha conquistado alguma coisa na vida também... não ser governante de um país, talvez. Mas alguma coisa como... bom, como a coisa que eu tenho a oportunidade de fazer agora. Fazer diferença. Como *você* vai fazer diferença algum dia."

Fiquei olhando para ele, estupefata. Não era que eu não entendia. Eu entendia *sim*. O Michael tinha razão. Ele não é o tipo de cara que se contentaria em andar um passo atrás de mim a vida toda — a menos que tivesse alguma coisa só dele. Seja lá que coisa fosse.

Eu só não entedia por que a coisa dele tinha de ser assim tão longe, no JAPÃO.

"Olha", o Michael disse e apertou a minha mão de novo. "É melhor parar de chorar. Parece que o Lars já está vindo para cá."

"É o trabalho dele", observei, fungando. "Ele deve me proteger de me... de me... machucar!"

E a percepção de que aquela dor era algo de que nem um cara de dois metros de altura com um revólver poderia me defender fez com que eu fungasse ainda mais alto.

O que me deixou mais furiosa ainda foi o Michael ter simplesmente começado a rir.

"Não é *engraçado*", funguei por entre as lágrimas.

"Meio que é sim", o Michael disse. "Quer dizer, você precisa reconhecer. Nós formamos um par bem ridículo."

"Vou dizer o que é ridículo", eu respondi. "É você ir para o Japão e conhecer uma menina-gueixa e me esquecer completamente. *Isso* é que é ridículo."

"O que eu ia querer com alguma menina-gueixa", o Michael quis saber, "se eu posso ficar com você?"

"As meninas-gueixas transam com você sempre que você quer", observei, entre fungadas. "Eu sei, eu vi aquele filme."

"Bom", o Michael disse. "Na verdade, agora que você falou, uma menina-gueixa pode não ser assim tão ruim."

Daí, fui obrigada a bater nele. Apesar de continuar sem ver qual era a graça da situação.

Continuo sem ver. É uma situação horrível, injusta e completamente trágica.

Ah, claro que eu parei de chorar. E quando o Lars se aproximou e perguntou se estava tudo bem, eu disse que sim.

Mas não estava.

E não está. Nada nunca mais vai ficar bem.

Mas eu agi como se, por mim, tudo bem. Quer dizer, eu precisava fazer isso, certo? Deixei o Michael me acompanhar até em casa e até fui o caminho todo de mãos dadas com ele. E, à porta do *loft*, eu deixei ele me beijar enquanto o Lars, muito educado, fingia amarrar o sapato no começo da escada. O que foi bom, porque também teve um pouco de ação por baixo do sutiã.

Mas de um jeito carinhoso, igual àquela cena em que a Jennifer Beals e o Michael Nouri estão na fábrica abandonada de *Flashdance*.

E quando o Michael sussurrou: "Tudo bem com a gente?" Eu respondi: "Está, está tudo bem", apesar de eu não acreditar que estivesse. Pelo menos, *eu* não estou bem.

E quando o Michael disse: "Eu ligo para você amanhã". Eu respondi: "Liga sim."

E daí eu entrei no *loft*, fui direto até a geladeira, tirei o pote de sorvete Häagen-Dazs crocante com macadâmia, peguei uma colher, fui para o quarto e comi tudo.

Mas eu continuo não me sentindo bem.

E acho que nunca mais vou me sentir bem.

Terça-feira, 7 de setembro, 23h

Minha mãe acabou de bater na porta e falou assim: "Mia? Você está aí?"

Eu disse que estava, e ela abriu a porta.

"Eu nem ouvi quando você entrou," ela disse. "Você se divertiu com o..."

Daí a voz dela foi sumindo, porque viu o pote de Häagen-Dazs vazio. E a minha cara.

"Querida", ela disse, e se sentou na cama ao meu lado. "O que aconteceu?"

De repente, comecei a chorar tudo de novo, como se eu não tivesse chorado só uma hora antes.

"Ele vai se mudar para o Japão", foi tudo o que eu consegui dizer. E me joguei nos braços dela.

Eu queria contar muito mais para ela. Queria explicar como a culpa era toda minha, por não ir para a cama com ele (apesar de eu saber que, lá no fundo, não é verdade). É mais minha culpa porque eu sou uma princesa — uma porcaria de PRINCESA —, e que nenhum cara JAMAIS vai poder se equiparar a isso. A não ser que seja um príncipe.

A pior parte é que ser princesa nem foi alguma coisa que eu FIZ. Quer dizer, até parece que eu salvei o presidente de um tiro, como a Samantha Madison, ou encontrei todas as crianças desaparecidas com os meus poderes psíquicos, como a Jessica Mastriani, ou impedi que centenas de turistas se afogassem, como fez Tilly Smith, de dez anos, quando estava naquela praia da Tailândia e percebeu que um *tsunami* estava vindo porque tinha acabado de estudar *tsunamis* na escola, e mandou toda aquela gente sair correndo.

A única coisa que eu fiz foi nascer.

E TODO MUNDO fez isso.

Mas eu não podia falar todas essas coisas para a minha mãe. Porque nós já discutimos a coisa de ser princesa. É como o Michael disse: eu sou princesa. E vou ser para sempre. Não adianta nada reclamar. As coisas simplesmente SÃO ASSIM.

Então, em vez disso, eu só chorei.

Acho que fez com que eu me sentisse um pouco melhor. Quer dizer, sempre é legal receber um abraço da mãe, independentemente da idade que você tenha. As mães não soltam feromônios — pelo menos, acho que não soltam —, mas, mesmo assim, o cheiro delas é bem bom. Pelo menos o da minha é. É de sabonete Dove e de terebintina e de café. Que, misturados, formam o segundo melhor cheiro do mundo.

Porque o primeiro é o do pescoço do Michael, claro.

A minha mãe disse todas as coisas que as mães costumam dizer, tipo: "Ah, querida, vai dar tudo certo" e "Um ano vai passar antes que você perceba" e "Se o Phillipe der para você o novo PowerBook com câmera embutida, você e o Michael podem se falar por vídeo, e vai ser como se ele estivesse junto de você."

Só que não vai ser. Porque eu não vou poder sentir o cheiro dele.

Mas quando o sr. G apareceu para ver que barulho todo era aquele, eu finalmente me acalmei e disse que estava me sentindo melhor, que não precisavam se preocupar comigo. Tentei dar um sorriso corajoso, e a minha mãe me fez um cafuné na cabeça e disse que, se eu sobrevivi a passar tanto tempo na companhia da Grandmère, eu sobreviveria a isso também, com facilidade.

Mas ela está errada. Passar tempo na companhia da Grandmère é como comer um pote inteiro de sorvete crocante em comparação a passar um ano inteiro sem o Michael.

Ou mais.

EU, PRINCESA???? CERTO, ATÉ PARECE
Um roteiro de Mia Thermopolis
(primeiro rascunho)

Cena 14

INTERIOR / NOITE — O tanque dos pinguins no Zoológico do Central Park. Iluminada pelo brilho azulado da luz que sai da água do tanque de pinguins, uma garota (MIA) está sozinha, escrevendo freneticamente em seu diário.

MIA
(narração)
Não sei para onde ir nem a quem recorrer. Não posso falar com a Lilly. Ela se opõe veementemente a qualquer tipo de governo que não seja para o povo, pelo povo. Ela sempre disse que, quando a soberania é investida em uma única pessoa cujo direito ao poder é hereditário, os princípios da igualdade social e do respeito aos direitos do indivíduo dentro da comunidade se perdem de maneira irrevogável. É por isso que hoje o poder de fato foi transferido de monarcas reinantes para assembleias constitucionais, transformando membros da realeza, como a rainha Elizabeth, em meros símbolos da unidade nacional.

Menos na Genovia, parece.

Quarta-feira, 8 de setembro, Sala de Estudo

O Michael contou para a Lilly. Eu sei que ele contou porque, quando paramos na frente do prédio dos Moscovitz para pegá-la para ir à escola hoje de manhã, ele estava lá com ela, segurando um chocolate quente grande (com chantilly) do Starbuck's para mim. Quando a limusine estacionou e o Hans abriu a porta, o Michael se inclinou para dentro e disse: "Bom-dia. Isto aqui é para você. Diga que você não mudou de ideia de ontem à noite para hoje de manhã e agora me odeia."

Só que, é claro, eu nunca poderia odiar o Michael. Principalmente porque o sol está brilhante e seus raios incidem sobre o pescoço recém-barbeado dele e quando eu me inclino para pegar o chocolate e dou um beijo de bom-dia nele, sinto aquele cheiro de Michael que sempre faz parecer que tudo vai dar certo.

Até que ele esteja fora do espectro olfativo, quer dizer.

Que é exatamente onde ele vai estar quando for para o Japão.

"Eu não odeio você", eu disse.

"Que bom", ele respondeu. "O que você vai fazer hoje à noite?"

"Hm", eu disse. "Alguma coisa com você?"

"Boa resposta. Eu pego você às sete."

Daí ele me beijou e saiu do caminho para a Lilly poder entrar no carro. O que ela fez dizendo, toda mal-humorada: "Meu Deus, *sai da frente*, seu *idiota*", para o irmão, já que ela nunca é bem-humorada de manhã.

Daí o Michael disse: "Sejam boazinhas com as outras crianças, meninas", e fechou a porta. E a Lilly virou para mim e disse: "Ele é o maior *idiota*."

"Ele saiu da frente total quando você pediu", observei.

"Não por causa *disso*", a Lilly disse, furiosa. "Por causa da bobagem do negócio do Japão."

"Se o modelo dele funcionar, vai acabar salvando a vida de milhares de pessoas e ganhando milhões de dólares", eu disse. O meu chocolate quente estava quente demais para beber, então eu assoprei. Só que o chantilly estava no meio do caminho.

A Lilly olhou para mim, com os olhos todos arregalados. "Ai, meu Deus", ela disse. "Você vai ser *sensata* a respeito disso?"

"Não tenho escolha", respondi. "Tenho?"

"Aposto que se você desse um escândalo bem grande", a Lilly disse, "ele não iria."

"Eu já dei", garanti a ela. "Teve choro e catarro e tudo. E ele não mudou de ideia."

A Lilly simplesmente grunhiu ao ouvir isso.

"O negócio é o seguinte", eu disse. Porque eu tinha refletido muito sobre o assunto. Tipo a noite inteira. "Ele tem de ir. Não quero que ele vá, mas é, tipo, uma coisa dele. Ele acha que precisa provar isso para si mesmo, para que a *US Weekly* pare de dizer que eu devia namorar o James Franco em vez dele. O que é uma estupidez, mas o que se pode fazer?"

"O James Franco!", a Lilly explodiu. "Bom. Tanto faz. O James Franco *é* bem fofo."

"Não tão fofo quanto o Michael", eu respondi.

"Eca", a Lilly disse, mas só porque ela sempre diz *eca* a qualquer referência sobre a fofura do irmão.

Então, como ela estava tão mal por causa de mim e tudo, achei que eu podia me aproveitar da situação. Então eu falei: "Você e o J.P. foram para a cama no verão ou o quê?"

Mas a Lilly só deu risada.

"Bela tentativa, PDG", respondeu. "Mas não estou assim com TANTA pena de você."

Droga.

Quarta-feira, 8 de setembro, Introdução à Escrita Criativa

Descreva uma cena vista da sua janela:

A menina está sentada em seu balanço, o coração pesado, os olhos inchados de lágrimas. O mundo como ela conhece deixou de existir. Nunca mais saberá o que é rir com despreocupação infantil, porque a infância ficou para trás. Esperanças esmagadas e sonhos despedaçados serão seus companheiros constantes agora que o amor de sua vida se foi. Ela ergue os olhos para contemplar um avião que corta o céu reluzente, o sol se afunda a oeste. Será que aquele avião leva seu amor para longe? Provavelmente. Desaparece no pôr do sol carmim.

F-

Mia, quando eu disse para descrever uma cena vista da sua janela, eu quis dizer que você deveria descrever alguma coisa que você *realmente enxerga pela sua janela*, como um lixão ou um mercadinho. Eu não queria que você inventasse uma cena. E eu sei que você inventou a cena acima, porque não haveria como você saber que a menina no balanço (se é que você enxerga mesmo balanços da sua janela, o que eu duvido, já que eu por acaso sei que você mora em NoHo, e lá

não há balanço nenhum que eu saiba) estava pensando, a menos que a menina por acaso fosse você, e nesse caso você não a poderia ter visto porque você não pode enxergar a si mesma, a não ser com um espelho. Por favor, refaça, dessa vez seguindo as instruções da tarefa. Eu passo essas tarefas por um motivo, e espero que você as cumpra COMO ESTÁ ESCRITO.

— C. Martinez

Quarta-feira, 8 de setembro, Inglês

Mia!!! Eu soube. Está tudo bem com você????

Sinceramente, T. Eu não sei dizer.

Mas você se dá conta de que isso é BOM. Quer dizer, para o Michael.

Eu sei.

E você pode ir visitá-lo! Quer dizer, você tem seu próprio jatinho!!!!

Ah, sei. Até parece que vai dar.

Espera... você está sendo sarcástica?

Sim, estou sendo sarcástica. Meu pai nunca vai me deixar ir para o Japão, Tina. Não para visitar o Michael.

Bom, então você tem de pedir a ele para deixar que você vá visitar a princesa do Japão — você é amiga dela, certo? Quer dizer, você adora o filho dela. E, enquanto você estiver lá, pode visitar o Michael.

Obrigada, Tina. Na verdade, a coisa não funciona assim, mas, de todo jeito, não faz mal. Porque sempre que eu tenho folga da escola, tenho de ir para a Genovia. Está lembrada? Além do mais, a verdade é que, mesmo que eu fosse ao Japão, não tenho certeza se o Michael iria querer receber uma visita minha.

O quê? Claro que ele gostaria! Do que você está falando?

Ele não está indo SÓ por causa da coisa do braço robotizado. Ele também vai para ficar longe de mim.

O quê? Mas que loucura! De onde você tirou ESSA ideia?

Porque foi o que ele DISSE. Ele disse que está muito difícil ficar perto de mim e não... você sabe.

Ai. Meu. Deus. Essa é a coisa mais romântica que eu já ouvi na vida!!!!!!!!!!

TINA!!! Não é nada romântico!!!!

Ele AAAAAAMA você! Devia estar FELIZ!!!

Feliz por meu namorado se mudar para outro país por estar cansado de tomar tanto banho frio? É. Falou.

Você está sendo sarcástica de novo, não está?

Estou.

Mia, você não percebe? A coisa toda é TÃÃÃÃO romântica: o Michael é igualzinho ao Aragorn de *O Senhor dos Anéis*. Lembra quando o Aragorn estava todo apaixonado pela Arwen, mas ele não se sentia digno dela, porque ela era uma princesa élfica, e o pai dela não queria deixar que ela se casasse com ele até que ele reclamou seu trono e provou que era mais do que um simples mortal?

Hm. É.

O MICHAEL ESTÁ RECLAMANDO O TRONO DELE PARA QUE POSSA PROVAR QUE É DIGNO DE VOCÊ!!!!! IGUALZINHO AO ARAGORN. E, tudo bem, o modo dele fazer isso é inventando uma coisa que nenhum de nós entende, a não ser ele. Mas isso não importa. Ele está FAZENDO ISSO POR VOCÊ.

E pelos milhares de pessoas cuja vida pode ser salva pela invenção dele. E pelos milhões de dólares que ele pode vir a ganhar se der certo.

Mas você não percebe? Tudo isso faz parte do que ele está fazendo POR VOCÊ.

Mas eu não *ligo* para nenhuma dessas coisas, Tina. Quer dizer, eu quero que ele seja feliz e tudo o mais. Mas eu ficaria mais feliz se ele estivesse aqui para eu cheirar o pescoço dele todo dia!!!!

Bom, pode ser que você precise sacrificar a sua cheiração de pescoço durante um tempo para que o Michael possa encontrar sua autorrealização. Quer dizer, a longo prazo, o que ele está fazendo agora vai garantir cheiração de pescoço constante para você no futuro. Se ele ficar milionário, ou sei lá o quê, NÃO VAI TER COMO a sua avó ou qualquer outra pessoa impedir que vocês fiquem juntos, porque você poderia simplesmente fugir com ele, mesmo que não receba mais sua fortuna genoviana ou se o seu pai obrigar você a abdicar o trono, ou sei lá o quê. Percebe?

Acho que sim. Só não sei por que ele não pode alcançar a autorrealização dele aqui nos ESTADOS UNIDOS.

Eu também não sei. Mas eu sei que o Michael ama você, e isso é tudo o que importa!!!!!!!

Tudo é tão simples na Tinalândia. Eu bem que gostaria de viver lá em vez de estar no mundo real, frio e cruel.

Quarta-feira, 8 de setembro, Francês

O negócio é que, bem no fundo, eu sei que Tina tem razão.

Mas eu simplesmente não consigo ficar tão entusiasmada com a ideia quanto ela. Talvez seja porque o Aragorn, apesar de ter sido fiel a Arwen enquanto estava longe, tentando se encontrar e tudo o mais, ainda tinha aquela coisa com a Eowyn. Seja lá o que fosse.

O que pode impedir que aconteça a mesma coisa entre o Michael e alguma gueixa/engenheira de robótica japonesa brilhante?

La speakerine de la chaine douze a dit, "Maintenant, vraies croyantes, un petit film — le premier film d'une serie de six. Mesdames, voici le film que vouz avez attendu pour des semaines. Un film remarkable, un film qui a changé ma vie et la vie d'autres femmes tout le monde. Oui, Le Mérite Incroyable d'une Femme."

$61 + 56 = 117$

Cruzei com a Lana no corredor quando estava vindo para esta aula, e ela falou assim: "Ei, Peter! Como vai a Terra do Nunca?", o que fez o clone novo dela, além de sua fiel escudeira do mal, a Trish, rirem tão alto que saiu Diet Coke pelo nariz delas.

Não sei com certeza, porque nunca consegui chegar ao fim de *O Senhor dos Anéis*, porque não tem quase nenhuma parte com personagens femininas no livro (então eu fingi que o Merry era uma hobbit), mas tenho bastante certeza de que isso nunca aconteceu com a Arwen.

Quarta-feira, 8 de setembro, Almoço

Então, eu estava sentada aqui, comendo meu falafel com tahini, toda inocente, quando a Ling Su se sentou na minha frente e disse:

"Mia, como *estão* as coisas?", com os olhos todos arregalados e cheios de compaixão.

Eu respondi: "Hm, tudo bem."

Daí a Perin se sentou do meu lado e ficou, tipo:

"Mia, a gente *soube*. Está tudo bem com você?"

Meu Deus. As notícias correm rápido nesta escola.

"Está tudo bem", respondi, tentando parecer corajosa. O que não é brincadeira quando se está com um pedação de falafel na boca.

"Não dá para acreditar", a Shameeka disse. Ela nem COME normalmente na nossa mesa, já que sempre está ocupada demais espionando para nós na mesa das líderes de torcida e dos esportistas. Mas, de repente, ela pousou a bandeja dela ao lado da bandeja da Perin. "Ele vai mesmo se mudar para o *JAPÃO*?"

"Parece que vai", respondi. É engraçado, mas agora, cada vez que escuto a palavra *Japão*, meu coração se contorce todo. Do jeito que acontecia quando eu ouvia a palavra *Buffy*, na época em que o seriado *Buffy a caça-vampiros* estava chegando ao fim.

"Você devia dar o pé na bunda dele", o Boris disse ao se juntar a nós.

"BORIS!" A Tina parecia chocada. "Mia, pode ignorar. Ele não sabe do que está falando."

"Sei sim", o Boris respondeu. "Eu sei exatamente do que estou falando. Isso acontece em orquestras o tempo todo. Dois músicos se apaixonam, daí um consegue um trabalho com salário melhor em outra orquestra rival em outra cidade, ou até mesmo em outro país. Sempre tentam fazer dar certo — com o negócio dos telefonemas de longa distância —, mas nunca dá. Cedo ou tarde, um dos dois se apaixona por um/uma clarinetista, e pronto. Relacionamentos a distância nunca dão certo. Você devia dar o pé na bunda dele agora, assim a separação é mais justa, e você pode seguir em frente. Fim de papo."

A Tina ficou olhando para o namorado em estado de choque.

"Boris! Mas que coisa horrível de se dizer! Como é que você pode *dizer* uma coisa dessas?"

Mas Boris não entendeu. Só deu de ombros e falou assim:

"O que foi? É a verdade. Todo mundo sabe disso."

"O meu irmão não vai se apaixonar por uma outra pessoa", a Lilly disse, com voz entediada, do lugar onde estava sentada, mais para a ponta da mesa, na frente do J.P. "Certo? Ele está completamente gamado na Mia."

"Ha", a Tina disse, cutucando o Boris com o canudo. "Está vendo?"

"Eu sou a única pessoa que está falando o que presenciou", o Boris respondeu. "Talvez o Michael não se apaixone por uma clarinetista. Mas a Mia vai se apaixonar."

"BORIS!" A Tina parecia revoltada. "Mas por que DIABOS você está dizendo uma coisa dessas???"

"É, Boris", a Lilly disse, olhando para ele como se fosse um bicho que ela encontrou no homus. "Que história é essa de ficar falando tanto de clarinetistas? Achei que você considerava os instrumentos de sopro de madeira inferiores."

"Estou simplesmente atestando um fato", Boris disse, batendo o garfo no prato para dar ênfase e mostrar que estava mesmo falando sério. "A Mia só tem 16 anos. E eles não são casados. O Michael não pode achar que simplesmente vai se mudar para outro país e que ela vai ficar esperando por ele. Não é justo com ela. Ela deveria ter permissão para prosseguir com a vida, sair com outras pessoas e se divertir, não ficar no quarto dela sem fazer nada todo sábado à noite durante um ano até ele voltar."

Vi a Shameeka e a Ling Su trocando olhares. A Ling Su até fez uma cara de "ops, pode ser que ele tenha razão".

Mas a Tina não achou que ele estava certo.

"Você está dizendo que se arrumasse emprego de primeiro violinista na Filarmônica de Londres não ia querer que eu ficasse esperando você?", ela perguntou ao namorado.

"Claro que eu ia *querer* que você esperasse", o Boris explicou. "Mas eu não poderia PEDIR para você esperar. Não seria justo. Mas eu sei que você ESPERARIA, de todo modo, porque você é assim."

"A Mia também é assim!", a Tina disse, cheia de resolução.

"Não é", o Boris disse, sacudindo a cabeça com pesar. "Acho que não é."

"Tudo bem, Boris", eu disse rapidinho, antes que a cabeça da Tina explodisse. "Eu QUERO ficar sem fazer nada no meu quarto todo sábado à noite até o Michael voltar."

O Boris ficou olhando para mim como se eu estivesse louca.

"QUER?"

"Quero", respondi. "Quero sim. Porque eu amo o Michael e, se não puder ficar com ele, prefiro não ficar com ninguém."

O Boris só sacudiu a cabeça com tristeza.

"É isso que todos os casais na minha orquestra dizem", ele falou. "E, no fim, um dos dois cansa de ficar no quarto sem fazer nada. Antes mesmo que você perceba, já estão com um clarinetista. Tem *sempre* um ou uma clarinetista."

Isso foi muito desconcertante. Eu estava lá, sentindo aquele mesmo pânico que sempre sinto quando penso que Michael vai embora — só temos mais três dias! Mais três dias até ele ir embora —, quando reparei que o J.P. estava olhando para mim.

E daí, quando nosso olhar se cruzou, ele sorriu para mim. E revirou os olhos. Como se estivesse dizendo:

"Olha só o que este violinista russo está falando! Ele não é louco?"

E, de repente, o pânico desapareceu, e eu comecei a me sentir bem de novo.

Retribuí o sorriso, peguei o meu falafel e disse:

"Acho que vai ficar tudo bem comigo e com o Michael, Boris."

"*Claro* que vai", a Tina disse. E daí o Boris soltou um grito. É óbvio que a Tina deu um chute nele por baixo da mesa.

Espero que tenha deixado uma marca roxa.

Quarta-feira, 8 de setembro, Superdotados & Talentosos

Então, a Lilly não me deu nem 24 horas para me recuperar do golpe desferido pelo irmão dela. Não, ela começou a tagarelar sobre a campanha para o governo estudantil de novo durante Superdotados & Talentosos.

"Olha, PDG", ela disse. "Eu sei que você foi a única indicada para presidente do conselho estudantil, mas não pode vencer se pelo menos a metade dos alunos não votar em você."

"Em quem mais vão votar?", eu quis saber. "Principalmente se não tem mais ninguém na disputa?"

"Candidatos que correm por fora", a Lilly respondeu. "Eles mesmos. Quem sabe? Pode ser que você acabe sendo derrotada pela Lana de qualquer jeito, apesar de ela não estar concorrendo. Você sabe que a irmã mais nova dela acabou de entrar na nona série, certo?"

Essa informação não fazia o menor sentido para mim. Quer dizer, por causa do fato de a minha cabeça estar completamente cheia com a noção de que O MEU NAMORADO VAI MORAR NO JAPÃO DURANTE UM ANO (ou mais).

"Você ouviu o que eu disse, Mia?" A Lilly estava olhando para mim, toda preocupada, por cima do fichário do governo estudantil dela. "A Gretchen Weinberger é igualzinha à irmã mais velha... só que ainda mais ressentida. Lembra aquele documentário que a gente viu na MTV, *True Life*, sobre a onda dos esteroides? É mais ou menos aquilo. A Gretchen com toda a certeza conseguiria fazer toda a nona série ficar contra você se quisesse. E se você desse uma olhada neles, ia ver logo que esse pessoal forma a turma mais apática de puxa-sacos que já pisou neste planeta. Eu ouvi, de verdade, um deles falando que o aquecimento global não passa de um mito, porque o Michael Crichton escreveu isso em uma daquelas coisas ridículas dele que ele chama de livro."

Só fiquei lá olhando para ela por mais um tempinho. Será que Gretchen Weinberger era o clone — aquela versão um pouco menor da Lana que eu vi rindo no corredor, depois que a Weinberger mais velha fez piada com o meu corte de cabelo e a Terra do Nunca? Provavelmente. Na hora, só fiquei achando que ela era mais uma aspirante a Lana. Faz sentido as duas serem irmãs.

"Mas a observação totalmente idiota daquele escritor de última categoria do Crichton me deu uma ideia", a Lilly prosseguiu. "Esta é uma geração que foi criada praticamente só com medo — medo das feministas, que, como todos sabemos, estão aí só para destruir os valores da família, ha, ha, medo de terroristas, medo de ir mal no vestibular e não entrar em Yale ou em Princeton e assim se transformar em um fracasso e ter de estudar em alguma faculdade menos conhecida e por isso podem — gulp! — ter de arrumar um emprego com um cargo baixo logo que saírem da faculdade, ganhando cem mil dólares por ano em vez de 105 mil dólares por ano. Digo que a gente deve mexer com esses medos, e usá-los em nossa vantagem."

"Como é que a gente vai fazer isso?", perguntei. Não que eu me importasse. "E também, tecnicamente, nós somos da mesma geração que a irmã mais nova da Lana. Quer dizer, nós somos mais velhas do que ela. Mas, mesmo assim, ela é da nossa geração."

"Não, não é", a Lilly disse, com um brilho nos olhos — um brilho em que eu não confiei nem por um segundo. "Ela nasceu atrasada, a ponto de não ter podido tomar consciência de *Party of Five* — *O Quinteto*, e isso faz com que sejamos de gerações distintas. E eu acho que sei EXATAMENTE onde fica o ponto fraco deles. Estou trabalhando na questão. Acho que amanhã já vai estar tudo pronto. Não se preocupe, PDG. Quando eu terminar, vão estar IMPLORANDO para você ser presidente do corpo estudantil."

"Uau", eu disse. "Bom, obrigada. Mas, sabe, o negócio, Lilly... Não sei se estou a fim de concorrer ao cargo de presidente estudantil neste ano."

A Lilly só ficou olhando para mim, estupefata.

"O quê?"

Respirei fundo. Isso aqui não seria nada fácil.

"É só que... bom, você sabe o que eu tirei em matemática no meu simulado do SAT. E eu tenho pré-cálculo e química neste ano. Juro por Deus, só passou um dia de aula, e eu não faço a menor ideia do que estão falando em nenhuma dessas duas matérias. Quer dizer, não entendi nem UM POUQUINHO. Realmente, acho que preciso me concentrar nos estudos neste ano. Simplesmente acho que não vou ter tempo de administrar a escola. Não com todas as coisas de princesa que eu tenho para fazer."

A Lilly ergueu uma sobrancelha. Eu detesto quando ela faz isso. Porque ela sabe fazer e eu não sei.

"Isso é por causa do meu irmão, não é", ela disse. Não foi uma pergunta.

"Claro que não", eu respondi.

"Porque", a Lilly continuou, "quer dizer, se é que se pode dizer alguma coisa, agora que ele vai viajar, vai sobrar MAIS tempo livre. Não menos."

"É", respondi, um pouco áspera. "Mas também, agora que ele vai viajar, não vou ter ninguém para me ajudar com a lição de casa de pré-cálculo e de química. Vou ter de arrumar um professor particular ou algo assim. E os professores particulares, diferentemente do Michael, não vão estar muito a fim de vir à minha casa me ajudar com um questionário às dez da noite de uma quarta-feira depois de eu ter participado da reunião do conselho estudantil e de algum jantar de Estado na embaixada da Genovia."

A Lilly não ficou com cara de quem me apoiava muito.

"Não dá para acreditar que você está fazendo isso comigo", ela disse. "Você é mais apática do que o restante desta escola. Você é pior do que o pessoal da nona série!"

"Lilly", eu disse. "Eu realmente acho que você pode vencer, sem a minha ajuda. Quer dizer, para começar, pense bem: você vai disputar sem ter oposição."

"Você sabe que eu não conseguiria cinquenta por cento dos votos", Lilly disse com os dentes cerrados. "Por que você não pode simplesmente concorrer e renunciar, como DEVERIA ter feito no ano passado?"

"Porque o meu namorado vai sair deste país e ficar fora um ano inteiro daqui a TRÊS DIAS", praticamente berrei, fazendo a sra. Hill tirar os olhos do catálogo Isabella Bird dela. Baixei a voz. "E quero passar o maior tempo possível com ele até lá. E isso significa que eu NÃO QUERO passar as noites escrevendo discursos e fazendo cartazes de *Mia para presidente*."

"Eu escrevo os discursos", Lilly disse, os dentes ainda cerrados.

"E eu faço os cartazes. Você só faz o que deveria ter feito no ano passado, e renuncia como era para ter renunciado."

"Ai, meu Deus, *sei lá*", eu disse, só para ela largar do meu pé. "TUDO BEM."

"TUDO BEM", a Lilly respondeu.

E daí me ocorreu que eu estava deixando uma oportunidade de ouro me escapar por entre os dedos, completei: "COM UMA CONDIÇÃO."

E a Lilly ficou, tipo:

"O quê?"

"Você vai ter de me contar se você e o J.P. Fizeram Aquilo durante o verão."

A Lilly só ficou olhando para mim durante um tempo, de olhos arregalados. Então, finalmente, como se fosse um sacrifício supremo, ela disse:

"Tudo bem. Eu conto. DEPOIS da eleição."

O que para mim estava muito bem. Desde que eu ficasse sabendo.

Não sei por que isso é tão interessante para mim. Mas, quer dizer, se a minha melhor amiga transou, acho que eu devia ter o direito de saber. Em detalhes. Principalmente levando em conta o fato de que eu não vou poder nem CHEIRAR o meu namorado no decorrer do próximo ano, e vou ter de viver me aproveitando do romance da Lilly.

Apesar de ela ter me dito que não fica por aí cheirando o pescoço do J.P. e acha muito estranho eu ficar cheirando o do Michael o tempo todo.

É mais do que provável que o órgão vomeronasal da Lilly — o órgão auxiliar do sentido olfativo — tenha regredido durante a gestação, como acontece com a maior parte dos seres humanos. O meu obviamente não regrediu.

O que é só mais um exemplo de como eu sou um espécime biológico estranho.

A sra. Hill acabou de me perguntar o que eu pretendo fazer nesta aula neste ano. Então fui obrigada a falar a ela sobre a minha nota de matemática no simulado do SAT.

Agora ela me obrigou a resolver problemas do *Guia de Estudo Oficial do SAT*.

Acho que isso, junto com o restante dos acontecimentos das últimas 24 horas da minha vida, serve para provar que Deus não existe.

Ou que, se existe, ELE nutre indiferença suprema pelo meu sofrimento.

Jill comprou cinco maçãs no mercado. Pagou com uma nota de cinco dólares e recebeu três moedas de 25 centavos de troco. Jill percebeu que recebeu troco demais, e devolveu uma das moedas. Quanto custaram as maçãs?

TANTO FAZ. É para isso que servem os cartões de débito. Certo, vamos em frente.

Qual é o último número inteiro divisível pelos números 2, 3, 4 e 5?

Ah, tudo bem, até parece que eu sei. Certo, o próximo:

O peso dos biscoitos em uma caixa de 100 biscoitos é 230 gramas. Qual é o peso, em gramas, de três biscoitos?

POR QUE EU PRECISO SABER ESSAS PORCARIAS SE A ÚNICA COISA QUE FAREI, UM DIA, É GOVERNAR UM PAÍS E AÍ TEREI MEUS PRÓPRIOS CONTADORES REAIS, NÃO? POR QUÊ? POR QUÊ? POR QUÊ???? ISSO NÃO É JUSTO!!!!!!!!!

Quarta-feira, 8 de setembro, Química

Mia — é verdade? O Michael vai passar um ano em Tsukuba para trabalhar em um equipamento robotizado que pode colocar fim à cirurgia cardíaca de peito aberto?

Ai, meu Deus. Lá vamos nós. A Tina insiste em que o Kenny continua apaixonado por mim — mesmo depois de tanto tempo —, mas eu sempre disse a ela que está confundindo seus livros de amor da Harlequin com a vida real de novo.

Mas talvez eu tenha sido desnecessariamente dura. Talvez ela tenha RAZÃO. Se não, por que ele estaria tão interessado na minha atual situação de namoro????

É, Kenny. É verdade. Mas nós não vamos terminar!!!!

Mas QUE LEGAL. Você acha que ele pode considerar a ideia de me contratar — sabe como é, quando ele voltar — como um tipo de estagiário dele ou algo assim? Porque eu sempre fui fascinado por robótica, e na verdade ando pensando no design de um rotor orbital para um bisturi robotizado. Você acha que ele pode aproveitar as minhas ideias? Imagino que vá contratar os amigos dele.

Ah. Então não sou eu que ele quer afinal de contas... bom, é um alívio.

Kenny, você ENTENDE sobre essas coisas de cirurgia robotizada?

Hm, claro que sim. E não é "coisa", Mia, realmente é a nova fronteira da ciência da robótica. Os sistemas cirúrgicos robotizados já começaram a ser instalados nos hospitais do mundo todo. O objetivo final do campo da robótica é criar um sistema que faça exatamente o que o protótipo do Michael faz. Se ele conseguir montar um modelo que de fato opere da maneira adequada no ambiente cirúrgico... bom, digamos que será o maior desenvolvimento da ciência desde a clonagem da ovelha Dolly. O Michael vai ser elevado ao status de gênio... não, mais do que um simples gênio. Talvez até mesmo um SALVADOR DA MEDICINA.

Ah. Bom. Obrigada por ter esclarecido isso para mim. Vou me assegurar de fazer uma recomendação sobre você para o Michael.

Legal. Obrigada! ☺

Mia, tudo bem com você? Mal tocou no seu falafel no almoço.

Meu Deus, o J.P. é tão gentil! Não acredito que ele reparou!

Acho que está tudo bem.

Imagino que o Boris ter ficado falando sobre tramas amorosas dentro da orquestra não deve ter ajudado muito.

É, realmente, é só que... o que um salvador da medicina vai querer COMIGO? Quer dizer, eu sou só uma PRINCESA. Qualquer pessoa pode ser *princesa*. Só é preciso ter os pais certos. Não é mais difícil do que ter nascido a Paris Hilton, pelo amor de Deus.

Pelo menos você se lembra de vestir calcinha antes de sair de casa pela manhã, imagino.

Isso deveria estar ajudando?

Desculpa. Achei que a situação exigia uma certa leveza. Foi um erro de cálculo da minha parte. Mia, você é maravilhosa em todos os aspectos. E sabe muito bem disso. Você é muito mais do que apenas uma princesa. Aliás, eu diria que essa é a menor parte de você, não é isso que a DEFINE.

Mas eu não FIZ nada. Quer dizer, nada maravilhoso que faça as pessoas se lembrarem de mim. A não ser o fato de ser princesa, o que, como mencionei, não é algo que eu tenha feito de maneira ATIVA, eu simplesmente nasci assim.

Você só tem 16 anos, dá um desconto para si mesma.

Mas o Michael só tem 19 e pode vir a salvar a vida de milhares de pessoas, tipo no *ano* que vem. Se eu vou fazer alguma coisa maravilhosa algum dia, preciso começar AGORA.

Pensei que você ia escrever um roteiro de cinema sobre a sua vida e a Lilly ia dirigir.

É, mas o que foi que eu fiz na VIDA para fazer com que o roteiro seja significativo? Tipo, eu não salvei centenas de judeus da aniquilação pela escória nazista, nem fiquei cega e mesmo assim compus músicas lindas.

Acho que estabelecer como padrão para si mesma a vida de Oskar Schindler ou de Stevie Wonder é um tanto irreal.

Mas você não PERCEBE? O Michael está estabelecendo esse tipo de padrão.

Mas o Michael ama você exatamente como você é! Então, com o que está preocupada? Você pode ser uma ótima pessoa só sendo uma boa amiga ou uma ótima escritora ou uma companhia divertida, sabe como é.

Acho que sim. Mas é que provavelmente ele vai conhecer um monte de meninas brilhantes e lindas no Japão, e como é que eu vou saber que ele não vai se apaixonar por uma DELAS?

Ele provavelmente já conheceu um monte de meninas brilhantes e lindas na Universidade Columbia e não se apaixonou por nenhuma delas, não é mesmo?

Bom, não, mas isso é só porque, apesar de serem todas brilhantes, são iguais à Judith Gershner.

Quem é Judith Gershner?

Ela é uma menina que estudava aqui e sabia clonar moscas de frutas e que achava que o Michael e eu... Sabe o quê? Deixa para lá. Você tem razão. Eu estou sendo ridícula.

Eu não disse que você estava sendo ridícula. Eu disse que você estava sendo severa demais consigo mesma. Você é uma pessoa ótima, e se ocorrer o evento improvável de o Michael pensar diferente, eu posso dar um pau nele por você, com todo o prazer.

Ha. Obrigada. Mas é para isso que eu tenho o Lars.

Mia: não quero ser chato, mas se você quer passar nesta matéria, acho que é melhor parar de passar bilhetinhos para o J.P. e prestar atenção. Sei que sou seu parceiro de laboratório, mas não vou dar cobertura para você se ficar para trás.

Certo, Kenny. Desculpa. Você tem razão.

FOMOS PEGOS!!!!

Fica quieto, você está me fazendo rir!!!!!!!!! Agora, vou prestar atenção.

Princípio de Arquimedes: o volume de um sólido é igual ao volume da água deslocada por ele.

Densidades de sólidos e líquidos típicos em g/ml

Substância	Densidade
Gasolina	0,68
Gelo	0,92
Água	1,00
Sal	2,16
Ferro	7,86
Chumbo	11,38
Mercúrio	13,55
Ouro	19,30

Tenho noção de que química é importante, sabe como é, no nosso cotidiano e tudo o mais. Mas, falando sério. Que importância vai ter eu saber ou não qual é a densidade da gasolina na minha futura condição de governante da Genovia?

Quarta-feira, 8 de setembro, Pré-Cálculo

Função composta = combinação de 2 funções
$F(g(x))$ NÃO $= g(f(x))$
Uma relação é qualquer conjunto de pontos no sistema de coordenadas x-y.

Função constante: linha horizontal
A linha horizontal tem inclinação 0

>Ai
>Meu.
>Deus.
>Isso.
>É.
>A.
>Maior.
>Chatice.

DEVER DE CASA
Sala de Estudo: nada
Introdução à Escrita Criativa: Descreva uma pessoa que você conhece
Inglês: *Franny e Zoey*
Francês: Continuar a *décrire un soir amusant avec les amis*

Superdotados & Talentosos: Nada
Educação Física: Nada
Química: Tanto faz, depois o Kenny me diz
Pré-Cálculo: ??????

Quarta-feira, 8 de setembro, na limusine, a caminho da casa do Ritz-Carlton

Quando entrei na suíte do Ritz da Grandmère hoje (parece que o W era tão insatisfatório que ela só ficou uma noite), fiquei totalmente chocada de ver o meu pai ali.

Tinha esquecido que ele vinha para cá para a Assembleia-Geral da ONU.

E parece que *ele* tinha esquecido que nunca é boa ideia fazer uma visita a Grandmère antes do horário do coquetel (o médico dela disse que não pode mais tomar três *sidecars* no almoço, a não ser que queira ter um ataque de angina), porque ela fica mais do que só um pouco mal-humorada.

"Olhe só para isto!", ela ia dizendo enquanto sacudia uma almofada na cara do meu pai. "Lençóis com míseros setecentos fios! É um escândalo! Não é para menos que o Rommel está com alergia!"

"O Rommel está sempre com alergia", meu pai respondeu, com voz cansada. Daí, reparou que eu tinha entrado e disse: "Oi, querida. Faz tempo que a gente não... *o que aconteceu com o seu cabelo?*"

Eu nem me dei o trabalho de ficar ofendida. Quando o seu namorado avisa que vai mudar para o Japão, você começa a definir melhor as suas prioridades.

"Eu cortei", respondi. "Não me importo se você não gostar. Não preciso mais ficar arrumando todo dia, e isso é o que importa. Para mim, pelo menos."

"Ah", meu pai respondeu. "Está, hm. Bonitinho. Qual é o problema?"

"O quê? Nada."

"Tem alguma coisa de errado, Mia. Dá para ver."

"Realmente, não é nada", garanti a ele. Só de saber que os meus pais só precisam olhar para a minha cara e já sabem que algo está errado me fez perceber como eu devo estar magoada de verdade com essa coisa toda do Michael. Porque estou TENTANDO esconder. Estou mesmo. Pelo bem do Michael. Porque eu sei que devia estar animada e feliz por ele.

E eu ESTOU animada e feliz por ele.

Tirando a parte em que eu estou chorando. Por dentro.

"Você está ouvindo o que eu estou dizendo, Phillipe?", Grandmère quis saber. "Você sabe que o Rommel exige lençóis com *pelo menos* oitocentos fios."

Meu pai suspirou.

"Vou mandar a Bergdorf enviar alguns lençóis com mil fios, certo? Mia, eu sei que há alguma coisa errada. O que foi que a sua mãe fez agora? Foi presa em mais uma daquelas passeatas antiguerra? Eu já *disse* para ela parar de se acorrentar às coisas."

"Não é a *mamãe*", respondi e me joguei em cima de uma *chaise longue* de brocado. "Faz *anos* que ela não se acorrenta a nada."

"Bom, ela é uma mulher muito... imprevisível", meu pai disse. O que é sua maneira de dizer, com a maior educação possível, que a minha mãe é despreocupada e irresponsável em relação a muitas coisas. Mas não os filhos dela. "Mas você tem razão, eu não deveria tirar conclusões apressadas. Não tem nada a ver com o Frank, tem?

Os dois estão se dando bem? É muito estressante ter um bebê pequeno em casa. Pelo menos foi o que eu ouvi dizer."

Revirei os olhos. O meu pai sempre quer saber de tudo o que está acontecendo entre a minha mãe e o sr. Gianini. O que é meio hilário, porque na verdade nunca tem nada acontecendo entre os dois. A menos que estejamos falando de brigas relativas ao que assistir na hora do café da manhã: CNN (sr. G) ou MTV (minha mãe). A minha mãe não aguenta política logo pela manhã. Ela prefere Panic! At the Disco.

"Não são só os lençóis, Phillipe", Grandmère prosseguia. "Você se dá conta de que as televisões nos quartos deste hotel têm telas de apenas *27 polegadas?*"

"Você diz que não há nada na televisão norte-americana além de imundice e violência", meu pai disse, olhando para a mãe, atônito.

"Bom, é verdade", Grandmère respondeu. "Não há mesmo. Tirando *Judge Judy*."

"É só... tudo", respondi, ignorando Grandmère. Porque agora o meu pai também a estava ignorando. "Só passaram dois dias do semestre, e já é o pior de todos. A sra. Martinez me enfiou em Introdução à Escrita Criativa. INTRODUÇÃO. Não preciso ser introduzida à escrita criativa. Eu como, durmo e respiro escrita criativa. E nem me faça começar a falar sobre química e pré-cálculo. Mas o pior é... bom, é o Michael."

Meu pai não pareceu surpreso ao ouvir isso. Aliás, pareceu contente.

"Bom, então, Mia, eu detesto ter de dizer isto, mas... Desconfiava de que isso aconteceria. Agora o Michael está na faculdade, e você ainda está na escola, e precisa gastar muito tempo com as suas obrigações reais e na Genovia, e não pode ficar achando que um rapaz no melhor momento da vida vai ficar simplesmente esperando você. É natural que o Michael encontre uma moça mais próxima de sua própria idade que de fato tem tempo para fazer as coisas que os garotos de faculdade gostam de fazer — coisas que simplesmente não são apropriadas para princesas no Ensino Médio fazerem."

"Pai." Fiquei olhando para ele, estupefata. "O Michael não terminou comigo. Se é que foi isso que você quis dizer com o discurso que acabou de fazer."

"Não terminou?" Meu pai parou de ficar com uma cara assim tão contente. "Ah. Bom, então, o que ele *fez*?"

"Ele... bom, lembra quando você foi comigo para a Genovia e a gente assistiu a *O Senhor dos Anéis* durante o voo?"

"Lembro." Meu pai ergueu as sobrancelhas. "Você está me dizendo que o Michael tomou posse do Um Anel?"

"Não", respondi. Não dava para acreditar que ele estava tentando fazer piada com aquilo. "Mas ele está tentando se provar para o rei dos elfos, igual ao Aragorn."

"Quem é o rei dos elfos?" Meu pai quis saber, como se ele não soubesse mesmo, de verdade.

"Pai. VOCÊ é o rei dos elfos."

"É mesmo?" Meu pai ajeitou a gravata; com cara de contente de novo. Daí, fez uma pausa. "Espera... as minhas orelhas não são pontudas. São?"

"Eu falei de modo FIGURADO, pai", respondi, revirando os olhos. "O Michael acha que precisa se provar para ficar com a sua filha. Da mesma maneira que o Aragorn achava que precisava se provar para receber a aprovação do rei dos elfos e ficar com a Arwen."

"Bom", meu pai disse. "Não vejo problema nisso. Mas, exatamente, o que ele planeja fazer? Para ganhar a minha aprovação, quer dizer? Porque sinto muito, mas liderar um exército de cadáveres para derrotar os orcs realmente não vai dar muito certo para cima de mim."

"O Michael não vai liderar um exército de cadáveres a lugar nenhum. Ele inventou um braço cirúrgico robotizado que vai permitir que os cirurgiões façam operações cardíacas sem abrir o peito", expliquei.

Isso tirou o sorrisinho maldoso da cara do meu pai na hora.

"É mesmo?", perguntou em tom totalmente diferente. "O Michael fez o quê?"

"Bom, ele tem um protótipo", expliquei. "E uma empresa japonesa vai levá-lo para lá para ele ajudar a construir um modelo que funciona. Ou algo assim. O negócio é que vai demorar um ANO! O Michael vai ficar em Tsukuba um ANO! Ou mais!"

"Um ano", meu pai repetiu. "Ou mais. Bom, é muito tempo."

"É, é muito tempo mesmo", eu disse, toda dramática. "E enquanto ele estiver a milhares de quilômetros de distância, inventando coisas bacanas, eu vou estar atolada na porcaria da Introdução à Escrita Criativa e na química do segundo ano, em que já estou levando bomba, isso sem falar em pré-cálculo. Que, mais uma vez, nem sei por que preciso aprender, já que temos tantos contadores..."

"Ora, ora", meu pai disse. "Todo mundo precisa aprender cálculo para se tornar um indivíduo completo."

"Sabe o que faria de mim um indivíduo completo, e de você um filantropo elogiado e possivelmente até faria com que fosse nomeado Personalidade do Ano da revista *Time*?", perguntei. "Bom, vou dizer: se você fundasse seu próprio laboratório de robótica bem aqui em Nova York, onde o Michael pudesse construir a coisa-robô dele!"

Meu pai deu boas risadas com isso.

O que foi legal. Só que eu não estava de piada.

"Estou falando sério, pai", eu disse. "Quer dizer, por que não? Até parece que você não tem dinheiro para isso."

"Mia", meu pai disse, ficando mais sério. "Eu não sei nada sobre robótica."

"Mas o Michael sabe", eu disse. "Ele pode dizer a você o que é necessário. E daí, você pode, sabe como é. Pagar. E você totalmente levaria crédito quando o Michael tiver sucesso em montar sua coisa-robô. Vão colocar você no *Larry King*, aposto. Quem liga para a *Vogue*... pense em como a Genovia ia aparecer na imprensa *assim*. Faria MARAVILHAS pelo nosso turismo. Que, você precisa admitir, anda bem mal desde que o dólar despencou."

"Mia", meu pai ia dizendo, sacudindo a cabeça. "Está fora de questão. Fico muito contente pelo Michael — sempre achei que ele tinha potencial. Mas não vou gastar milhões de dólares para construir um laboratório de robótica qualquer para que você possa passar o segundo ano do ensino médio todo flertando com o seu namorado em vez de passar em pré-cálculo."

Fiquei olhando fixamente para o meu pai.

"Ninguém mais diz flertando, pai."

Bom, eu tinha de dizer ALGUMA COISA. E também... que tipo de palavreado é esse?

"Deem licença", Grandmère se aproximou batendo os pés, colocou-se no meio do quarto e ficou olhando para nós dois ao mesmo tempo, cheia de fúria. "Sinto muito interromper a conversa importantíssima de vocês sobre AQUELE GAROTO. Mas estou aqui me perguntando se algum de vocês dois reparou em algo a respeito deste quarto. Tem uma coisa obviamente FALTANDO."

Meu pai e eu olhamos ao redor. A cobertura de 140 metros quadrados de Grandmère veio completa com dois quartos, dois banheiros e meio — cada um deles com uma banheira de mármore e boxe de chuveiro separado —, duas TVs de plasma com tela de 12 polegadas (e essas são só as TVs dos *banheiros*), produtos de banho exclusivos de Frédéric Fekkai e Cotê Bastide, kit de barbear Floris e velas Frette, sala de estar, sala de jantar para oito pessoas, despensa independente, biblioteca com livros, DVD, som, seleção especial de CDs e DVDs, telefones sem fio multilinhas com caixa postal e capacidade para transmissão de dados, acesso à internet de alta velocidade e um telescópio fixado ao chão para que ela pudesse observar as estrelas ou o outro lado do parque, onde fica o apartamento do Woody Allen.

Não tinha nada faltando na suíte da Grandmère. NADA.

"UM CINZEIRO!", Grandmère berrou. "ESTA SUÍTE É PARA NÃO FUMANTES!!!"

Meu pai olhou para o teto. E suspirou. Então, disse:

"Mia. Se o Michael, como você disse, tem a intenção de provar que é digno de você para mim, então ele não vai querer a minha ajuda, de todo jeito. Sinto muito por você ter de se separar dele durante um ano, mas acho que dar uma parada e se concentrar exclusivamente nos estudos pode não ser uma ideia assim tão ruim. Mãe." Ele olhou para Grandmère. "Você é impossível. Mas eu vou arrumar uma suíte em outro hotel. Deixe-me fazer algumas ligações", ele disse e foi para a sala de jantar para fazê-lo.

Grandmère, com cara de quem estava muito satisfeita consigo mesma, abriu a bolsa, tirou o cartão-chave da suíte e colocou na mesinha de centro à minha frente.

"Bom", ela disse, "Que pena. Parece que vou me mudar. De novo."

"Grandmère", eu disse. Ela estava me deixando LOUCA DA VIDA. "Você sabe que ainda tem gente morando em BARRACAS e em casas-trailer por causa de todos os furacões e *tsunamis* e terremotos que aconteceram em diversas partes do mundo? E você está reclamando que não pode FUMAR no seu quarto? Não há nada de errado com esta suíte. Ela é totalmente linda. É tão legal quanto a sua suíte no Plaza. Você só está sendo ridícula, porque não gosta de mudanças."

"Suponho que seja verdade", Grandmère disse com um suspiro e sentou em uma das poltronas de brocado na frente do sofá onde eu estava sentada. "Mas acredito que a minha extravagância pode trazer vantagens para você."

"Ah é?" Eu mal estava escutando o que ela dizia. Não dava para acreditar como o meu pai desprezou tão rápido a minha ideia de "Abra seu próprio laboratório". Realmente achei que tinha sido boa. Quer dizer, eu sei que foi uma ideia momentânea. Mas me pareceu alguma coisa com que ele poderia concordar. Está sempre construindo alas de hospital na Genovia, e depois coloca o nome dele mesmo nelas. Acho que Laboratório de Sistemas Cirúrgicos Robotizados Príncipe Phillipe Renaldo soa bem.

"A suíte está paga até o fim da semana", Grandmère disse, inclinando-se para dar tapinhas no cartão-chave que tinha deixado em cima da mesinha. "Eu não vou ficar aqui, é claro. Mas não vejo razão para você não se sentir na liberdade de usá-la, se assim quiser."

"O que eu vou fazer com uma suíte no Ritz, Grandmère?", eu quis saber. "Pode ser que você não tenha reparado, por estar tão ocupada com o seu "abre aspas" sofrimento "fecha aspas". Mas eu não vou dar nenhuma festa do pijama nesta semana. Estou no meio de uma crise de vida completa."

O olhar de Grandmère se endureceu em cima de mim.

"Às vezes", ela disse, "não acredito que eu e você somos parentes de sangue."

"Bem-vinda ao meu mundo", eu disse.

"Bom, os quartos são seus", Grandmère disse e fez o cartão-chave escorregar para mais perto de mim. "Para você fazer o que quiser. Pessoalmente, se eu ainda morasse com os meus pais, e se o meu amor estivesse de partida para uma viagem de um ano para provar algo ao MEU pai, eu usaria os quartos para encenar uma despedida muito particular e romântica. Mas eu sou assim. Sempre fui uma mulher muito apaixonada, muito ligada nas minhas emoções. Sempre notei que eu..."

Blá, blá, blá. A voz de Grandmère falou e falou. E falou. O meu pai voltou para o quarto e disse que arrumou uma suíte para ela no

Four Seasons, então ela ligou para a camareira dela e a obrigou a começar a fazer as malas pela terceira vez, só nesta semana.

E essa foi a minha aula de princesa do dia.

Que bom que eu não pago por isso, porque a qualidade realmente começou a despencar ladeira abaixo.

Acho que estou tendo alucinações por estar desidratada, ou algo assim. Tenho todos os sintomas:

- Sede extrema
- Boca seca sem saliva
- Olhos secos; sem lágrimas
- Diminuição da urina, ou urinando três ou menos vezes no decurso de 24 horas
- Braços e pernas podem parecer frios ao toque
- Sentindo muito cansaço, inquietude ou irritação
- Tontura, aliviada quando se deita

Claro que eu sempre experimento todos esses sintomas depois de ficar algum tempo na companhia da Grandmère.

Mesmo assim, estou bebendo toda a água mineral da limusine, só para garantir.

Quarta-feira, 8 de setembro, no loft

O Michael quer fazer um monte de coisas típicas de Nova York antes de ir viajar. Na sexta. Hoje à noite, vamos comer o hambúrguer preferido dele, no Corner Bistro, em West Village. Ele jura que são os melhores hambúrgueres da cidade — fora o Johnny Rockets.

Só que o Michael se recusa a ir ao Johnny Rockets, porque é contra restaurantes de rede, porque diz que elas contribuem para a homogeneização dos Estados Unidos e, na medida em que os estabelecimentos de rede forçam as lojas e os restaurantes locais a fechar suas portas, as comunidades perderão tudo o que no passado fizeram delas algo único, e os Estados Unidos vão se transformar em um único shopping center ao ar livre, sendo que cada comunidade consiste em nada mais do que Wal-Marts, McDonald's, um Jiffy Lube para trocar o óleo e um restaurante Applebee's. Em vez de ser um caldeirão de culturas, os Estados Unidos vão se transformar em maionese.

Mesmo assim, por acaso eu sei que o Michael não está acima de escapar para um biscoito recheado do tipo Negresco de vez em quando.

Claro que, por ser vegetariana, eu não posso exatamente me unir a ele em sua busca pelo Último Hambúrguer Perfeito antes de partir para o Extremo Oriente. Só vou comer uma salada. E talvez umas batatas fritas.

A minha mãe não liga de eu sair em um dia de aula, porque ela sabe que é a última semana do Michael no mesmo hemisfério que eu. O sr. G tentou dizer algo a respeito do meu dever de casa de pré-cálculo — acho que ele e o sr. Hong devem conversar na sala dos professores, ou sei lá o quê —, mas a minha mãe simplesmente lançou Um Olhar para ele, e ele ficou quieto. Tenho sorte por ter pais tão legais.

Bom, tirando o meu pai. Não acredito que ele disse não para a minha ideia brilhante de Abra Seu Próprio Laboratório. Ele é que vai sair perdendo, acho. Não vou falar para o Michael sobre isso. Quer dizer, que eu cheguei mesmo a pedir. Não tenho nem certeza de que se o meu pai TIVESSE concordado construir seu próprio laboratório de robótica, o Michael ia querer trabalhar lá, por causa da coisa toda de "querer se afastar de mim por causa do negócio de não querer transar".

E eu COM CERTEZA não vou contar para ele sobre a chave de hotel que Grandmère me deu. Se o Michael descobrir que eu tenho uma suíte de hotel inteirinha para mim, ele totalmente ia querer...

AI.
MEU.
DEUS.

Quarta-feira, 8 de setembro, Corner Bistro

Preciso escrever rápido. O Michael acabou de ir até o balcão para pegar mais guardanapo. Não sei onde a nossa garçonete se enfiou. Este lugar é um zoológico. Alguém deve ter falado sobre os hambúrgueres em algum guia. Um ônibus de turismo daqueles de dois andares acabou de parar na frente e despejou uns cem turistas dentro do restaurante.

Mas, bom, quando o Michael chegou para me pegar, caiu a ficha. Eu entendi o que Grandmère quis dizer NA VERDADE quando me deu aquela chave e disse: *Use os quartos para encenar uma despedida muito particular e romântica*. Grandmère TINHA de estar dizendo o que eu acho que ela queria dizer.

Grandmère me deu a suíte do Ritz para

TRANSAR!!!!

Falando sério! Grandmère me deu a suíte dela no Ritz para eu poder usá-la para me "despedir" do Michael. Com o tipo de privacidade que não encontraríamos em mais nenhum outro lugar, já que nenhum de nós dois mora sozinho.

Em outras palavras, a minha avó me deu sua própria versão do dom precioso: o presente mais precioso que qualquer adolescente poderia pedir:

MINHA AVÓ ME DEU UM LUGAR ESPECIAL PARA EU TRANSAR EM PAZ!!!!!

Eu sei que parece inacreditável. Mas é verdade. Não existe outra explicação. Grandmère quer que eu transe com o meu namorado na véspera de sua viagem para o Japão.

Mas qual será o motivo por que a minha avó está me *incentivando* a entregar meu dom precioso, se sou apenas adolescente? As avós geralmente são antiquadas e querem que os netos esperem até o casamento antes de consumar seus relacionamentos. As avós não acreditam em experimentar as calças antes de comprar. Todas as avós dizem a mesma coisa: "Ele não vai comprar a vaca se puder ganhar o leite de graça." As avós geralmente querem o melhor para os filhos de seus filhos.

E será que Grandmère realmente acha que fazer sexo de despedida com o meu namorado na suíte abandonada por ela no Ritz é a MELHOR COISA para mim?

A menos que...

AI, MEU DEUS. Acaba de me ocorrer: **E se Grandmère está tentando me ajudar a impedir que o Michael vá para o Japão????**

Falando sério. Por que qual cara, tendo a escolha entre transar ou não, escolheria não transar? Quer dizer, o Michael basicamente vai se mudar para o Japão por causa da coisa toda de não transar.

Bom, tirando a coisa toda de "salvar milhares de vidas e ganhar milhões e provar seu valor para a minha família e para a *US Weekly*".

Mas, se soubesse que tem uma chance de transar, será que ele não... ficaria?

Eu sei. É uma LOUCURA.

Tanta loucura, aliás, que pode ser que dê certo.

Não. NÃO!!!! Não posso acreditar que escrevi isso!!!! Está errado!!!! Quer dizer, usar o sexo para manipular alguém. Isso vai contra os meus princípios feministas. Meu Deus, ONDE Grandmère estava com a cabeça?

Só que, é claro, Grandmère não TEM nenhum princípio feminista. Bom, quer dizer, ela tem, só não pensa neles dessa maneira.

E, bom, é claro que tem a coisa toda de esperar até a noite da formatura. Quer dizer, eu prometi para a Tina. Nós PROMETEMOS uma à outra que seguraríamos nosso dom precioso até a noite da formatura.

Mas isso foi antes. Antes de o Michael resolver se meter nesta empreitada louca do braço robotizado.

A Tina com certeza entenderia...

Espera: eu estou mesmo considerando a ideia? Não! Não, está errado! É horrível! Eu nunca poderia fazer algo assim! Eu estaria privando o mundo da coisa do braço robotizado do Michael! Não posso fazer algo assim. Eu sou uma PRINCESA, pelo amor de Deus.

Mas e se — mas pense só se — o Michael e eu transássemos na suíte abandonada da Grandmère no Ritz, e ele gostasse tanto que resolvesse não ir, no final das contas? Será que assim não VALERIA A PENA comprometer meus princípios feministas? Será que na verdade não seria MAIS feminista, porque com Michael por perto, eu vou poder cheirar o pescoço dele, e assim liberar serotonina no meu cérebro com regularidade, transformando-me em um indivíduo mais calmo e bem resolvido, e uma líder estudantil melhor, e um modelo de conduta para meninas em todo lugar?

AHHHHHH. O Michael voltou com os guardanapos. Depois escrevo mais.

Quarta-feira, 8 de setembro, 23h, no loft

Bom, foi bem legal. Nosso jantar foi adorável, seguido por bolinhos da Magnolia Bakery (isso mesmo, aquela de "Lazy Sunday" em *Saturday Night Live*.)

Daí, ficamos nos agarrando cheios de emoção durante meia hora no vestíbulo do meu prédio, enquanto o Lars fingia estar colocando dinheiro no parquímetro, apesar de a limusine ter placa diplomática e a gente nunca levar multa.

Realmente não sei se os níveis extremamente altos de serotonina que inundam meu cérebro neste momento se devem ao fato de eu ter passado tanto tempo cheirando o pescoço do Michael (isso sem mencionar a ocitocina, um hormônio que toma conta do cérebro em momentos de prazer sexual intenso, e é por isso que em Saúde e Segurança nos aconselharam a não transar com ninguém que não conhecemos há muito tempo, pelo fato de que a ocitocina pode anuviar a sua razão e fazer você sentir que está apaixonada por alguém quando, na verdade, é só a ocitocina e você não tem nada a ver com aquela pessoa, e vocês dois nem chegam a se gostar. O que na verdade explica por que Grandpère se casou com Grandmère).

Não. Eu realmente acho que é isso. Estou pronta. Pronta para dar o meu dom precioso. Pronta para o S maiúsculo.

E foi por isso que eu disse ao Michael, quando ele estava se preparando para sair:

"Não faça nenhum plano para amanhã à noite. Tenho uma surpresa para você."

E o Michael ficou todo:

"É mesmo? O que é?"

Mas eu disse:

"Se eu contar, não vai mais ser surpresa, né?"

E o Michael só sorriu e disse:

"Certo", e me beijou de novo e deu boa-noite.

E foi embora.

Ah, ele vai ficar surpreso, sim.

E eu *sei* que, tecnicamente, o Michael e eu fazermos amor é ilegal, porque, aos 16 anos, ainda estou a um ano da idade legal no estado de Nova York.

Também me dou conta de que decidir fazer amor com o meu namorado dois anos antes do que eu tinha planejado fazer só porque não quero que ele se mude para o Japão e porque acho que há boa possibilidade de ele não ir se souber que vai ter acesso a sexo de graça sempre que quiser é uma atitude manipuladora e antifeminista.

Mas EU NÃO ESTOU NEM AÍ.

NÃO POSSO deixar ele se mudar para o Japão. Simplesmente NÃO POSSO. Sinto muito por todos os pacientes de cirurgia cardíaca de peito aberto que podem sofrer por causa dessa decisão muito egoísta da minha parte.

Mas, às vezes, uma garota simplesmente tem de fazer o que precisa fazer para permanecer sã em um mundo de pernas para o ar, em que em um minuto você está comendo macarrão frio de gergelim e, no minuto seguinte, seu namorado está de partida para o Japão.

As coisas simplesmente vão ter de ser assim.

Ai, meu Deus. Não acredito que eu vou fazer isso. Será que eu devo fazer? SERÁ QUE EU DEVO FAZER????

Como sempre, fazer perguntas no meu diário não adianta nada. Nem sei por que me dou ao trabalho.

EU, PRINCESA???? CERTO, ATE PARECE
Um roteiro de Mia Thermopolis
(primeiro rascunho)

Cena 16

INTERIOR / DIA — A suíte da cobertura nc Hotel Plaza. Uma senhora que parece assustadora, com lápis de olho tatuado (PRINCESA VIÚVA CLARISSE) está olhando feio para MIA, que se encolhe toda à frente dela, em uma poltrona. Um *poodle toy* sem pelo (ROMMEL) treme ali perto.

PRINCESA VIÚVA CLARISSE

Agora, vejamos se eu entendi direito. O seu pai lhe diz que você é a princesa da Genovia, e você cai no choro. Por que isso?

MIA

Não quero ser princesa. Eu só quero ser eu, a Mia.

PRINCESA VIÚVA CLARISSE

Sente-se direito nessa poltrona. Não dobre as pernas por cima do braço. E você não é Mia. Você é Amelia. Está me dizendo que não tem desejo de assumir seu lugar de direito no trono?

MIA

Grandmère, você sabe tão bem quanto eu que eu não sirvo para princesa. Então, para que desperdiçar o seu tempo?

PRINCESA VIÚVA CLARISSE

Você é a herdeira da coroa da Genovia. E vai tomar o lugar do meu filho no trono quando ele morrer. É assim que as coisas são. Não há outra alternativa.

MIA

Ah, tanto faz, Grandmère. Olha, eu tenho muito dever de casa. Esse negócio de princesa vai demorar muito?

Quinta-feira, 9 de setembro, Sala de Estudo

Vou fazer. Quer dizer, Fazer Aquilo. Hoje à noite. Passei a noite toda acordada, pensando sobre o assunto, e agora eu sei: é o único jeito.

Eu sei que é uma ação egoísta. Eu sei que vou impedir que haja uma luz no fim do túnel para todos os pacientes que o Michael poderia ajudar com a invenção dele.

Mas é mesmo uma pena. Muita gente já passou por operação cardíaca de peito aberto e está muito bem, obrigada. Olhe para o David Letterman. E para o Bill Clinton. As pessoas simplesmente vão ter de engolir. Talvez, se comessem menos carne, não PRECISASSEM de cirurgia cardíaca de peito aberto. Alguém já pensou nisso?

Ai, meu Deus. Eu escrevi mesmo isso? Não dá para acreditar que eu escrevi isso. O QUE ESTÁ ACONTECENDO COMIGO? Estou me transformando em um daqueles vegetarianos militantes, daqueles que acreditam que o Projeto Heifer, uma organização que dá vacas e cabras a viúvas pobres para que tenham uma renda vendendo leite e possam comprar comida para os filhos, é ruim porque escraviza os animais.

Não sei o que está acontecendo comigo. Parece que eu enlouqueci. Até conferi para me assegurar de que ainda tinha minhas camisinhas de quando nós fomos obrigados a sair e comprar durante a aula de Saúde e Segurança, como parte do projeto Sexo mais seguro. Claro que eu fiz a minha seleção com base na cor. Quer dizer, é que tinha TANTAS para escolher... Eu sabia que devia ter ido à farmácia Duane Reade, e não à loja só de camisinhas Condomania. Estou com a de morango e a de *piña colada* na minha mochila agora mesmo (não percebi que as que eu tinha comprado tinham SABOR até conferir a data de validade hoje de manhã. Graças a Deus, continuam dentro do prazo).

Estou disposta a sacrificar a minha virgindade pela possibilidade de manter o meu amor no mesmo hemisfério que eu.

Mas acabei de perceber que, no decurso do processo, pode ser que eu realmente precise Pegar Naquilo.

Pela primeira vez, no entanto, a perspectiva não me faz dizer, e nem mesmo pensar, a palavra *Eca*.

Eu devo estar amadurecendo.

Quinta-feira, 9 de setembro,
Introdução à Escrita Criativa
Descreva alguém que conhece:

O cabelo dele, à primeira vista, parece apenas escuro, mas, ao ser examinado mais de perto, dá para ver que, na verdade, tem muitas mechas de castanho, loiro e preto. Ele o usa comprido, não porque isso esteja "na moda" para os garotos, mas porque está ocupado demais com seus diversos interesses para se lembrar de cortá-lo com regularidade. Seus olhos parecem escuros à primeira vista, também, mas na verdade são um caleidoscópio de castanhos avermelhados e mogno, salpicados aqui e ali de rubi e de ouro, como lagos gêmeos no verão indiano, daqueles que dá a sensação de que é possível mergulhar e nadar para sempre. Nariz: aquilino. Boca: iminentemente beijável. Pescoço: aromático — uma mistura intoxicante de sabão em pó Tide do colarinho da camisa, creme de barbear Gillette e sabonete Ivory, que, juntos, formam: o meu namorado.

B-

Melhor. Eu teria gostado mais se você tivesse descrito exatamente por que a boca dele é tão iminentemente beijável.

— **C. Martinez**

Quinta-feira, 9 de setembro, Inglês

Agora, a grande questão é a seguinte: será que eu conto para a Tina?

Quer dizer, obviamente, não posso contar para a *Lilly*. Ela vai logo ver qual é o meu plano e perceber o que eu estou tentando fazer. Que não é exprimir meu amor e a minha devoção eterna pelo irmão dela, mas sim uma tentativa de controlá-lo.

Com sexo.

Duvido muito de que ela vá aprovar.

Além do mais, ela vai totalmente me acusar de desrespeitar o código feminista ao usar artimanhas femininas em vez do meu cérebro como meio de obter o que eu desejo.

Mas não foi isso que Gloria Stein fez quando trabalhou disfarçada para expor os baixos salários e a carga horária pesada das coelhinhas da *Playboy*, ajudando a melhorar suas condições de trabalho no Grotto? Basicamente, estou fazendo a mesma coisa. Estou sacrificando a minha virgindade para impedir que uma pessoa importante para nossa comunidade se vá para um lugar bem distante. A longo prazo, o fato de eu ir para a cama com o Michael só vai beneficiar a economia dos Estados Unidos.

Quase dá para dizer que é minha obrigação de cidadã Fazer Aquilo.

Por outro lado, se a Lilly e o J.P. de fato consumaram seu relacionamento durante o verão (apesar de eu ter observado os dois com muita atenção durante o almoço, o único período que nós três passamos juntos, e além da interação com o Yodel, não vi nenhum sinal de intimidade compartilhada. Eles nem dão amassos no corredor nem se beijam quando se encontram de manhã. O que pode ser só porque eles guardam todo o amor para quando estão sozinhos. OU pode ser porque ainda não chegaram assim tão longe, no que diz respeito à intimidade, apesar dos boatos), a Lilly vai entender completamente.

Quer dizer, os hormônios são MUITO PODEROSOS. Não é fácil lutar contra eles. Certamente a Lilly, mais do que qualquer outra pessoa, entenderia.

A menos, é claro, se você deixar de segurá-los pela Razão Errada

Mia, o que você está fazendo? Está anotando tudo? Achei que você já tinha lido *Franny e Zoey*!

Não. Não estou anotando nada. Estou escrevendo o meu diário. Tina, tenho de perguntar uma coisa para você. Mas tenho medo de que você passe a me odiar por causa disso.

Eu nunca poderia odiar você! Além do mais, qualquer coisa é melhor do que ouvi-la falar sobre a fusão de Salinger entre as religiões judaico-cristãs e as orientais.

Bom, o negócio é o seguinte: acho que eu não vou mais ser uma das Últimas Virgens da AEHS depois de hoje à noite.

O QUÊ??? VOCÊ E O MICHAEL VÃO FAZER AQUILO!!!!
AH, MIA!!!! QUANDO FOI QUE VOCÊS DOIS
TOMARAM ESSA DECISÃO????

Bom, NÓS não decidimos. Eu decidi. Não me odeie, certo? Mas Grandmère me deu a chave da suíte que ela não está usando no Ritz, e eu vou levar o Michael para lá hoje à noite e fazer uma surpresa para ele.

Você está dizendo que vai fazer amor doce e carinhoso com ele para que tenha uma linda lembrança para levar consigo em sua jornada até o outro lado do mundo para poder provar que ele é digno de você? Mia, que coisa MAIS ROMÂNTICA!!!!!!

Hm, na verdade, eu ia fazer amor doce e carinhoso com ele para que ele mude de ideia e fique aqui em Nova York. Por que qual cara vai se mudar para o Japão se puder transar sempre sem sair de casa?

Ah. Bom. Acho que isso também é bom.

Sério? Você não acha que eu sou diabólica por tentar manipulá-lo emocionalmente? Usando meu dom precioso?

Bom, eu entendo por que você está fazendo isso. Quer dizer, você o ama, então, naturalmente, não quer perdê-lo. E eu sei que o Boris não ajudou nada no almoço

ontem, quando ele disse aquelas coisas todas sobre clarinetistas. Mas, para falar a verdade, Mia, duvido muito de que o Michael vá cruzar com alguma clarinetista no Japão.

Mesmo assim, não tenho certeza se posso arriscar, Tina. Preciso fazer ALGUMA COISA. Eu tenho de TENTAR.

Certo. Mas você está MESMO pronta para ir até o fim? Quer dizer, você já treinou com o chuveirinho, como a gente aprendeu a fazer naquela noite que assistimos a *O virgem de 40 anos* no *pay-per-view*?

Claro que sim! Aquele filme foi TÃÃÃÃÃO educacional...

Certo. E, quer dizer, de acordo com aquele filme, a coisa toda deve durar cerca de um minuto, levando em conta que vai ser a primeira vez do Michael.

É, mas daí, de acordo com o filme, a segunda vez deve durar DUAS HORAS.

Foi o tempo que eu demorei na primeira vez com o chuveirinho. Mas acho que foi porque eu estava pensando na pessoa errada. Eu estava pensando no Boris, mas depois percebi que funciona muito melhor se eu pensar no Cole, de *Charmed*.

Eu também! Quer dizer, a respeito das duas horas. Mas é o James Franco, de *Tristão e Isolda*, não o Cole.

Você acha que vai funcionar na vida real? Quer dizer, sem água?

Não sei, Tina. Mas é um risco que eu estou disposta a correr, se isso vai fazer com que o Michael fique ao meu lado.

Eu entendo totalmente. E estou do seu lado 100%. Você tem camisinha?

Claro que sim. E vou passar na farmácia Duane Reade depois da aula para comprar algumas esponjas contraceptivas. Porque você sabe que as camisinhas sozinhas só têm uns 95 por cento de eficiência na prevenção à gravidez quando usadas corretamente. Não posso me arriscar nesses 5 por cento extras.

Mas o que o Lars vai dizer quando vir você comprando esponjas contraceptivas? Ele vai saber que não são para uma aula, como as camisinhas eram. Ele frequenta as mesmas aulas que você — apesar de não prestar exatamente atenção a elas (mas bom... você também não presta)!

Vou dizer para o Lars que são um presente de piada para você. Então, entra na minha, certo?

Ha. Ha. Ha. Um presente de piada para mim. Isso é mesmo muito engraçado.

Bom, não posso dizer que são um presente de piada para a Lilly, porque e se o Lars perguntar para ela????

Você não vai contar isso para a Lilly?

Tina, como é que eu posso contar? Você sabe o que ela vai dizer.

Que, se o Michael não for para o Japão, então o braço cirúrgico robotizado dele nunca vai ser montado, e milhares de pessoas que poderiam não morrer vão morrer se você tivesse deixado que ele fosse?

Ai, Tina. Essa magoou.

Quer dizer, eu só estou dizendo que é o que a LILLY diria. Eu não ACREDITO nisso de verdade. Pelo menos, não muito. O Michael é uma pessoa muito criativa. Tenho certeza de que ele vai encontrar uma maneira de fazer o braço cirúrgico robotizado dele aqui. É só que... por acaso eu comentei que o meu pai agora está tomando remédio para pressão alta e colesterol alto? E o médico dele disse que, se ele não reduzir a quantidade de carne vermelha consumida, ele é um forte candidato a cirurgia de ponte de safena?

Bom, então diz para a sua mãe fazer com que ele pare de pedir tanto bife com molho de laranja do Wu Liang Ye.

É. Vou dizer. Ah, Mia! Isso é tão emocionante! Você vai ser a primeira do nosso grupo a entregar o seu dom precioso! Tirando a Lilly, é claro, se é que ela e o J.P. realmente Fizeram Aquilo durante as férias de verão.

E você tem *certeza* de que não vai me odiar por causa disso? Quer dizer, por eu não esperar até a noite da nossa festa de formatura, como a gente tinha combinado?

Ah, Mia, claro que não. Eu compreendo que existem circunstâncias atenuantes. Quer dizer, se oferecessem ao Boris a posição de primeiro violinista em alguma orquestra da Austrália e ele estivesse pensando seriamente em ir, eu faria exatamente a mesma coisa. Tirando, é claro, o fato de que o Boris ser o primeiro violinista da Filarmônica de Sidney não vai salvar a vida de ninguém, muito menos provar o seu valor para uma nação sobre a qual um dia eu reinarei.

Obrigada, Tina. Eu estou falando de coração. O seu apoio significa muito para mim.

É para isso que eu estou aqui!

Realmente, será que PODERIA existir uma amiga melhor do que a Tina Hakim Baba? Acho que não.

Certo, então:

LISTA DE COISAS PARA FAZER ANTES DE TRANSAR:

1. Comprar esponjas contraceptivas
2. Raspar axilas/pernas
3. Raspar a área do biquíni????
4. Encontrar uma lingerie bonita (Eu TENHO alguma lingerie bonita? Ah, tem aquele conjuntinho de seda cor de lavanda da La Perla que Grandmère me deu de aniversário. Ainda está com a etiqueta. Espero que eu não fique com alergia de usar sem lavar antes.)
5. Desodorante
6. Dar uma olhada para ver se não tem nenhum cravo desagradável
7. Fugir do Lars (É fácil. Simplesmente vou dizer a ele que vou ficar um tempo no apartamento do Michael e ele pode voltar para me buscar às onze. Daí eu vou fazer o Michael escapulir pela escada e sair pelo porão do prédio. Daí podemos pegar um táxi até o Ritz. O Michael pode desconfiar, mas eu posso dizer que simplesmente faz parte da surpresa.)
8. FAZER ESFOLIAÇÃO!
9. Clarear o buço
10. Dar comida para o Fat Louie

Quinta-feira, 9 de setembro, Almoço

Então, hoje, quando eu cheguei ao refeitório, vi que alguém tinha colocado, em cada uma das mesas de almoço, pequenos cartazes em forma de triângulo com vários avisos escritos. Como o da nossa mesa, que dizia:

ATENÇÃO:

Você sabia que a crise mais provável a afetar os norte-americanos é uma pandemia? Já que o bioterrorismo é uma ameaça real, e com as viagens aéreas tão disseminadas quanto hoje, doenças mortais como a gripe aviária e a rubéola podem surgir entre nossa população a QUALQUER momento. VOCÊ saberia o que fazer se um ataque de bioterrorismo ocorresse?

A PRINCESA MIA DA GENOVIA SABE.

Vote em uma LÍDER DE VERDADE.

Seja ESPERTO no seu voto.

Vote em Mia.

Em uma mesa próxima, estava escrito:

ATENÇÃO:

Você sabia que, se uma bomba atômica (um mecanismo explosivo que contém material radioativo em seu interior) fosse detonada em Times Square no horário das aulas, até uma brisa leve poderia soprar o ar contaminado para cima de nós em poucos minutos, causando envenenamento por radiação que pode levar ao câncer e/ou à morte? VOCÊ saberia o que fazer se um ataque de bomba suja ocorresse?

A PRINCESA MIA DA GENOVIA SABE.

Vote em uma LÍDER DE VERDADE.

Seja ESPERTO no seu voto.

Vote em Mia.

E, na mesa seguinte, dizia:

ATENÇÃO:

Você sabia que em 1737, e novamente em 1884, Nova York foi sacudida por terremotos estimados em magnitude de 5,0 na escala Richter? A cidade está MAIS do que ameaçada de sofrer mais um e, levando em conta que boa parte da região sul de Manhattan está sobre sedimentos escavados do World Trade Center quando foi construído originalmente, e que a maior parte dos prédios do Upper East Side foram construídos antes das regulamentações de construção antiterremoto, quais são as nossas chances de sobreviver a um terremoto de magnitude 5,0? VOCÊ saberia o que fazer se uma catástrofe dessas acontecesse?

A PRINCESA MIA DA GENOVIA SABE.

Vote em uma LÍDER DE VERDADE.

Seja ESPERTO no seu voto.

Vote em Mia.

Não é exatamente necessário ser uma LÍDER DE VERDADE para descobrir de onde essas plaquinhas animadas vieram. No minuto que eu a vi vindo na direção da nossa mesa, com a bandeja lotada de salada e frango sem pele (a Lilly anda tentando se alimentar de maneira mais saudável ultimamente. Já perdeu cinco quilos e está muito menos com cara de *pug* do que antes. Quase dá para ver a estrutura óssea do rosto dela), eu falei: "O que você acha que está fazendo?", e apontei para o cartaz.

"Legal, né?", ela respondeu. "O J.P. fez cópias na máquina de xerox do pai dele."

"Não", eu respondi. "Não é legal. Lilly, o que você está tentando fazer? APAVORAR as pessoas para que elas votem em mim?"

"Exatamente", a Lilly disse, e se sentou. "Essa é a única coisa que esta garotada entende. Eles cresceram assistindo à Fox News e com o jornalismo sensacionalista. Eles não saberiam o que é um problema verdadeiro nem que caísse na cabeça deles. Só entendem o medo. É assim que vamos conquistar o voto deles."

"Lilly", eu disse. Não estava acreditando naquilo. "Eu não QUERO que as pessoas votem em mim porque têm medo de não saber o que fazer se por acaso houver um ataque com bomba atômica. Quero que votem em mim porque concordam com os meus valores e apoiam a minha posição em relação a certas questões."

"Mas você não tem posição em relação a questão alguma", a Lilly disse, o que foi bem razoável. "E, de qualquer jeito, você vai renunciar se vencer. Então, que diferença faz?"

"É só que...", sacudi a cabeça. "Não sei. De algum modo, parece errado."

"Todo mundo que está metido em política e na mídia faz assim", a Lilly disse. "Por que nós não devemos fazer?"

"Isso não torna a coisa menos errada."

"Oi." O J.P. colocou a bandeja dele na frente da bandeja da Lilly. "Você sabe o que aconteceria se um furacão de categoria três ou superior atingisse Nova York? Não dê risada, já aconteceu antes. Em 1893, um mero furacão de categoria dois destruiu a ilha Hong, uma ilha-resort próximo a Rockways, no Queens. Uma ILHA inteira, com hotéis e tudo o mais, e desapareceu da noite para o dia. Pense só no que um furacão de categoria mais alta poderia fazer. Você saberia o que fazer se tal desastre acontecesse?" Pegou um cartaz do bolso. "Bom, não se preocupe. A Princesa Mia da Genovia sabe."

"Muito engraçado", eu disse a ele. "Lilly, falando sério..."

"Mia, falando sério", a Lilly retrucou para mim. "Você se preocupa só com o que vai fazer para impedir que o meu irmão se mude para o Japão e deixa que eu me preocupo com a campanha para presidente do corpo estudantil."

Fiquei olhando para ela, atônica. Espera. A Lilly SABE??? COMO É QUE ELA PODE SABER?????

Ela deve ter notado como eu fiquei surpresa, já que revirou os olhos e disse:

"Ah, faça-me o favor, PDG. Nós somos melhores amigas desde o jardim de infância. Você acha que eu não sei como você opera a esta altura? Tenho certeza de que o seu plano, seja lá qual for, vai ser altamente divertido, ainda que não completamente eficiente. O garoto já está decidido. Seria melhor se você desistisse logo dessa fantasia."

"Mia!" A Ling Su veio correndo para a nossa mesa, parecendo estar em pânico. "É verdade? Existe mesmo uma fábrica de produção de cloro em Kearny, Nova Jersey, que, se for atacada por terroristas, pode mandar uma nuvem de gás de cloro para cima de Manhattan que vai matar a gente ou nos deixar doentes quase instantaneamente?"

"E se a usina de energia nuclear de Indian Point explodir?" A Perin quis saber. "Será que a nuvem de radiação realmente poderia vir para o sul, na nossa direção e afetar as reservas de água, matando milhares de pessoas e tornando a cidade inabitável durante décadas?"

Fiquei olhando com fúria para a Lilly.

"Olha só o que você fez!", gritei. "Você deixou todo mundo apavorado com um monte de coisa que nunca vai acontecer!"

"Como assim, um monte de coisa que nunca vai acontecer?", a Lilly quis saber. "E um blecaute? Durante anos, as pessoas ficaram dizendo que nunca mais haveria um blecaute, mas HOUVE um. Simplesmente tivemos sorte de a força ter voltado tão rápido, ou as pessoas começariam a saquear as lojas e matar umas às outras por fraldas."

"Você sabe mesmo o que fazer no caso de ocorrer um ataque de rubéola?", a Ling Su perguntou para mim. "Porque os Estados Unidos só têm trezentos milhões de doses de vacina em estoque, e se você não for uma das primeiras da fila, provavelmente vai morrer da doença enquanto espera para ser vacinada. Você tem acesso a algum estoque secreto por ser princesa ou algo assim? Será que você não pode arrumar umas vacinas para a gente, para no caso de os terroristas soltarem um pouco de varíola no ar amanhã, ou qualquer coisa assim, a gente possa não ficar doente?"

"Lilly!" Eu fiquei tão enojada que mal conseguia me aguentar. "Você precisa parar com isso! Está vendo o que você fez? Está fazendo as pessoas pensarem que eu tenho acesso a algum estoque secreto de vacina de rubéola e que, se votarem em mim, pode ser que eu dê um pouco para elas! E não é verdade!"

A Ling Su e a Perin pareceram ficar decepcionadas ao saber que eu não tinha vacinas de rubéola à disposição a qualquer momento. O Boris, enquanto isso, só dava risada.

"O que é tão engraçado?", eu quis saber.

"Só que...", ele reparou quando a Tina olhou torto para ele, então parou de rir. "Nada."

"Olha, PDG", a Lilly disse. "Sei que a gente está nivelando por baixo aqui, mas olhe em volta."

Dei uma olhada no refeitório. Para todo lugar que eu olhava, as pessoas estavam pegando os cartazes e falando sobre eles — e lançando olhares nervosos na minha direção.

"Está vendo?", a Lilly deu de ombros. "Está dando certo. As pessoas estão caindo. Vão votar em você porque acham que você tem todas as respostas. E, falando sério, se Indian Point explodisse MESMO, o que você FARIA?"

"Eu me asseguraria de que todo mundo tivesse pastilhas de iodeto de potássio para tomar nas primeiras horas depois da exposição para ajudar a proteger da absorção da radiação. Garantiria que todo mundo tenha pelo menos algumas semanas de água potável, comida enlatada e medicamentos receitados sob prescrição médica para que possam ficar dentro de casa com a ventilação desligada até o ar limpar", respondi, automaticamente.

"E se acontecer um terremoto?"

"Buscar abrigo embaixo da soleira de uma porta ou de algum móvel resistente. Depois do choque inicial, desligar toda a água, eletricidade e gás."

"E se houver uma epidemia de gripe aviária?"

"Bom, obviamente, todo mundo precisaria começar a tomar um antigripal imediatamente, além de lavar as mãos e usar máscaras cirúrgicas descartáveis, ao mesmo tempo que se deve ficar longe de telefones públicos, corrimãos e multidões, como as da liquidação de Natal da Macy's e o metrô da Linha Seis na hora do *rush*."

A Lilly parecia triunfante.

"Está vendo? Eu não inventei nada. Você sabe MESMO o que fazer diante de qualquer crise ou desastre em potencial. Eu sei disso porque você, Mia, vive preocupada, e por isso é provavelmente a pessoa mais preparada para um desastre em Manhattan. Nem tente negar. Nós todos já testemunhamos que é verdade."

Depois disso, fiquei praticamente sem palavras. Ao mesmo tempo em que tudo o que a Lilly tinha dito era incontestavelmente verdade, para mim continuava parecendo errado, de algum modo. Quer dizer, ficar amedrontando os calouros daquele jeito. Antes de o almoço terminar, três deles chegaram para mim e perguntaram o que eu faria se um ataque de bomba atômica ocorresse (instruiria todo mundo a não sair à rua, daí, uma vez que fosse permitido sair da área, que tirassem, ensacassem e jogassem fora suas roupas antes de entrar em casa, depois, que tomassem banho imediatamente com sabão e água), ou um terremoto (dã: evacuar. Com o seu gato).

Mas talvez a Lilly tenha MESMO razão. Nestes tempos de incerteza, é possível que as pessoas realmente estejam à procura de um líder que já se preocupou com essas coisas e fez planos para elas, para que as pessoas em si não precisem se preocupar, e estejam livres para se divertir.

Talvez seja por isso que eu fui colocada neste planeta — não para ser Princesa da Genovia, mas para que eu possa me preocupar com tudo e ninguém precise se dar o trabalho de esquentar a cabeça.

Quinta-feira, 9 de setembro, S & T

A Lilly acabou de me mostrar o presente de despedida que comprou para o irmão — um Magic: The Gathering, que é um estojo para carregar os *cards* do jogo Magic, assim ele vai poder levar os dele para o Japão sem que tudo fique bagunçado.

Eu não tive coragem de contar para ela que:

a) O Michael não joga mais Magic; e
b) ele não vai para o Japão, porque eu planejo lhe dar uma razão muito, mas muito boa mesmo para que ele fiquei aqui em Manhattan.

Bom, não foi que eu não tive coragem de contar para ela. Eu não contei porque não quero que ela me cubra de porrada. Ela anda fazendo ginástica na academia Crunch (o que também contribuiu para a perda de peso dela), aulas de spining, e também *ayurveda* com a mãe dela. Qualquer pessoa que está disposta a deixar um desconhecido completo esfregar seu corpo nu com óleo essencial é alguém que eu NÃO quero ter como inimiga.

Falando nisso, preciso me lembrar de fazer esfoliação antes de hoje à noite.

É meio estranho eu não estar mais nervosa e tal. Mas acho que isso só quer dizer que eu me sinto bem com essa decisão. Simplesmente parece... certo.

Em um cardápio de restaurante, há quatro entradas, cinco pratos principais e três sobremesas. Quantos jantares diferentes podem ser pedidos se cada jantar consiste em uma entrada, um prato principal e uma sobremesa?

E bebidas? Alguém por acaso pensou NISSO? Como assim, as pessoas que vão comer devem morrer de desidratação? Quem ESCREVEU esse livro, aliás?

O preço do jeans subiu 30 por cento desde o ano passado. Se o preço do ano era x, qual é o preço deste ano em termos de x?

Ai, meu Deus, quem SE IMPORTA?

A altura média (significado aritmético) de quatro integrantes de um grupo de seis líderes de torcida é 175cm. Qual é a média de altura em centímetros que as outras 2 líderes de torcida devem ter para que a altura média do grupo todo seja de 180cm?

LÍDERES DE TORCIDA???? NO SAT?????

Ai, meu Deus, quem eu quero enganar? Não consigo fazer isso. NÃO CONSIGO FAZER ISSO!!! Não posso TRANSAR. Eu sou PRINCESA, pelo amor de Deus.

Ai, acho que estou tendo um ataque cardíaco.

Quinta-feira, 9 de setembro, enfermaria

Certo. Bom, isto aqui não é vergonhoso nem nada. Quer dizer, o fato de eu ter ficado com falta de ar durante a corrida em volta do depósito na aula de Educação Física.

Eu devia estar respirando dentro de um saquinho de papel com a cabeça entre as pernas. Mas eu já fiz isso e não ajudou. Bom, obviamente, agora eu estou conseguindo respirar. Mas continuo EM PÂNICO. Não posso acreditar que vou mesmo FAZER AQUILO.

E se alguma coisa der errado, e a minha mãe e o meu pai, de algum modo, descobrirem? Tipo, e se por acaso eu ainda tiver o meu hímen, ou sei lá o quê (apesar de que, no ano passado, em Saúde e Segurança, terem dito que a maior parte das meninas rompe o delas com atividades físicas normais como andar de bicicleta ou a cavalo)? E aí, se eu vou começar a sangrar, o Michael vai ter de me levar às pressas para o hospital Cabrini e algum médico do tipo do dr. Kovac tiver de colocar uma intravenosa em mim, e eu entrar em coma, como aconteceu em *Plantão Médico*?

TODO MUNDO VAI SABER QUE EU ENTREGUEI O MEU DOM PRECIOSO.

E, tudo bem, eu nunca ouvi dizer que algo assim tivesse acontecido de verdade com alguma menina, mas nos livros de romance histórico da Tina às vezes a moça sangra — apesar de ela nem se importar e ter um orgasmo daqueles de sacudir a terra, de todo modo.

Simplesmente não acho que eu já seja boa o bastante com orgasmos para ter um sob aquelas circunstâncias específicas. Principalmente com outra pessoa no mesmo quarto. Alguém além do James Franco de armadura, quer dizer.

Ah, não, lá vem a enfermeira...

Certo, bom, a enfermeira Lloyd acaba de dizer que é altamente improvável que alguém sangre tanto por causa do rompimento do hímen que precise ser hospitalizada, a menos que seja hemofílica. Ela também disse que o hímen da maior parte das mulheres já é perfurado. Se não, elas não poderiam ficar menstruadas.

Então aquela coisa toda do dom precioso é meio papo furado.

Ela também disse que livros românticos não são exatamente a melhor fonte de informação sobre saúde, e me deu um panfleto que diz *Então você acha que está pronta para o sexo*. O panfleto mostra um casal que parece confuso na frente e fala da necessidade de proteção. Não diz nada a respeito de a sua virgindade ser o seu dom precioso que você deveria guardar para a pessoa com quem vai se casar. Mas diz que você deve esperar para transar até conhecer a pessoa bem de verdade e ter certeza de que a ama — o que eu já sabia, por causa da coisa da ocitocina.

E daí tinha alguma coisa a respeito da idade legal (tanto faz. Até parece que o meu pai ia prestar queixa. Será que ele vai querer que o mundo todo saiba que a filha dele transou antes do casamento? Acho que não) e de que ninguém deve se sentir pressionada.

Daí tinha uma parte sobre abstinência e como tudo bem se você não Fizer Aquilo. Como se isso fosse alguma novidade para mim. Eu sei total que não tem nenhum problema em não Fazer Aquilo. Tudo bem para outras meninas não Fazerem Aquilo.

Mas os namorados das outras meninas não inventaram braços robotizados para serem usados em cirurgias cardíacas e não vão se mudar para o Japão amanhã para ficar um ano.

Eu não disse nada disso para a enfermeira Lloyd. Bom, não a parte do sexo. Mas falei a ela sobre o Michael, e como ele vai se mudar e como agora eu estou entrando em pânico por causa disso, e que tenho bastante certeza de que não vou conseguir viver se ele for embora mesmo.

Ao que a enfermeira Lloyd respondeu:

"O meu irmão fez uma ponte de safena tripla depois de ter um ataque cardíaco no ano passado. Tiveram de abrir o peito dele. Ele disse que nunca sentiu tanta dor na vida e passou seis semanas depois daquilo desejando estar morto."

O que é muito triste para o irmão da enfermeira Lloyd, mas não me ajuda, de jeito nenhum, com o MEU problema.

Quinta-feira, 9 de setembro, Química

Mia, tudo bem com você? Ouvi dizer que passou a aula de Educação Física na enfermaria.

Meu Deus, as notícias correm rápido nesta escola. E eu estou bem J.P., obrigada. Só fiquei um pouco sem fôlego de correr ao redor do depósito.

Entendi. Ainda bem que você está bem. Achei que está um pouco pálida.

Acho que estou com a cabeça cheia.

Claro que sim! O Michael viaja amanhã, não é?

É. Bom, supostamente.

Como assim, supostamente? Achei que ele ia com certeza.

Bom, talvez. Vamos ver.

Seria uma pena se ele não fosse. É uma oportunidade fantástica.

Eu sei que é. Para ele. Mas e EU? Sou eu que vou ficar aqui encalhada, sem nada.

Como assim, sem nada? Você tem a MIM!

Ha, ha. Você sabe do que eu estou falando.

Bom, acho que eu só fiquei pensando sobre aquela coisa que o Boris disse ontem na hora do almoço. Eu sei que você ficou brava com ele, mas ele até que tinha certa razão... Você VAI ficar com outras pessoas quando o Michael estiver viajando? Vocês já conversaram sobre isso? Porque seria um pouco injusto da parte dele se achasse que você não ia sair com ninguém durante todo o tempo que ele ficar fora. Isto é, se você quisesse.

Mas eu não quero!!!! Quer dizer, eu amo o Michael.

Claro que ama. Mas você também só tem 16 anos. Vai mesmo ficar em casa todo sábado à noite até ele voltar?

Não preciso ficar em casa todo sábado à noite. Quer dizer, eu tenho todas as minhas amigas. As amigas são para sempre.

As suas amigas têm namorado. Não estou dizendo que elas não vão querer passar o tempo delas com você, mas você vai se sentir meio solitária quando elas saírem com os parceiros e você ficar em casa.

É verdade. Mas assim eu vou ter a oportunidade de trabalhar no meu livro. E no meu roteiro! E daí talvez — se o Michael realmente for viajar — os dois já estejam prontos quando ele voltar. E daí eu também vou ter feito alguma coisa importante! Talvez não tão revolucionária quanto a coisa DELE. Mas, sabe como é. ALGO além de ser princesa.

Achei que ontem a gente tinha chegado à conclusão de que ser simplesmente você já era um feito e tanto.

É, mas você só estava sendo legal. Qualquer pessoa pode ser ELA MESMA. Eu quero fazer alguma coisa especial de verdade.

Mia, se você não vai prestar atenção a esta aula, não sei como espera ser aprovada. Não fique achando que eu vou livrar a sua cara de novo neste ano. Eu tenho mais o que fazer. — Kenny

Esse cara realmente está me irritando.

Mas ele tem razão. A gente precisa parar. Está errado.

Mas parece tão certo!

J.P.! Para com isso! Você está me fazendo rir!

Que bom. Acho que você está precisando dar umas risadas.

O J.P. é tão legal!!!! A Lilly tem mesmo muita sorte de ter encontrado um cara tão legal.

Tudo bem, de volta à química.

Espera... QUANTOS compostos químicos existem? E nós temos de saber TODOS???????

Quinta-feira, 9 de setembro, Pré-Cálculo

RAZÕES PARA FAZER AQUILO HOJE À NOITE
X
ESPERAR ATÉ A NOITE DO BAILE DE FORMATURA

Pró:

Assim posso convencê-lo a ficar em Nova York e não se mudar para o Japão, impedindo que eu tenha um esgotamento nervoso quando ele não estiver por perto para eu cheirar o pescoço dele.

Contra:

Assim posso convencê-lo a ficar em Nova York e não se mudar para o Japão, impedindo que o mundo disponha de uma inovação médica que tem potencial para salvar milhares de vidas; além disso, minha avó não vai mais ter razão para continuar tentando me juntar com outros caras que ela julga "mais dignos" (quer dizer, mais ricos) do que o Michael.

Pró:

O Michael diz que nunca mais vai a outro baile de formatura do ensino médio mesmo, então é melhor eu acabar logo com isso.

Contra:

Mas talvez, quando chegar a hora da minha formatura, pode ser que ele esteja tão desesperado por sexo que aceite ir ao baile, no final das contas!

Pró:

Vai ser uma oportunidade para que nós expressemos nosso amor de maneira física, de modo que, assim, vamos passar a ser, de verdade, um coração, uma mente, uma alma.

Contra:

E se eu soltar um pum ou alguma coisa assim? Quer dizer, falando sério, os dois vão estar NUS, ele vai saber que fui eu.

Pró:

Falando de nu, eu finalmente vou poder ver o Michael pelado.

Contra:

Ele vai ME ver pelada.

Pró:

Se eu transar hoje à noite, em vez de esperar até a noite do baile de formatura, vamos evitar de nos transformar em um clichê, como os casais de filmes adolescentes.

Contra:

O fato de eu ainda não ter 18 anos pode causar complicações legais ao Michael mais para a frente. Mas tenho certeza de que o meu pai não vai querer que os tabloides fiquem sabendo de uma coisa dessas.

Pró:

A Lilly já Fez Aquilo. Pelo menos, acho que sim. E parece que não fez mal nenhum a ela e ao J.P.

Contra:

Eu não tenho certeza quanto a isso.

Pró:

Ao darmos um ao outro o dom precioso da nossa virgindade, vamos estabelecer um vínculo emocional e espiritual um com o outro que nunca mais teremos com ninguém na vida, mesmo que o impensável aconteça e nós algum dia nos separemos.

Contra:

Em relação a este, não consigo encontrar nenhum contra.

Ah, tanto faz. Nós vamos Fazer Aquilo, total.
Eu vou vomitar, total.

DEVER DE CASA
Sala de Estudo: nada
Introdução à Escrita Criativa: alguma coisa idiota de que eu não consigo me lembrar.
Inglês: mil palavras sobre carpinteiros, levantem bem alto a cumeeira
Francês: mais *décrire un soir amusant avec les amis*
Superdotados & Talentosos: nada
Educação Física: nada
Química: vai saber
Pré-Cálculo: quem se importa?

Só faltam mais seis horas até o Michael e eu Fazermos Aquilo!!!!!!!!

Quinta-feira, 9 de setembro, no Four Seasons

Está ficando cada vez mais difícil encontrar Grandmère para as minhas aulas de princesa ultimamente. Finalmente conseguimos localizá-la na suíte da cobertura do Four Seasons, mas quando eu entrei, estava aquela loucura de sempre.

"Estas cortinas são inaceitáveis", Grandmère ia dizendo para um homem de terno cujo crachá dourado dizia Jonathan Greer.

"Mandarei trocar imediatamente, madame", o Jonathan Greer disse.

Grandmère pareceu um tanto surpresa por ele não querer discutir com ela. Disse:

"Uma estampa floral. NÃO listras."

"Absolutamente, madame", o Jonathan Greer disse. "Serão substituídas por estampas florais imediatamente."

Grandmère lançou um olhar surpreso para ele. Claramente estava acostumada a encontrar mais resistência dos *concierges* de hotel com quem anda lidando ultimamente.

"E não posso aceitar mobília de couro", ela disse, apontando para uma poltrona muito bacana no canto. "O material é escorregadio demais, e o Rommel não gosta. O cheiro o deixa nervoso. Uma vez, levou um coice de uma vaca."

"Vou mandar trocar o forro agora mesmo, madame", o *concierge* disse. Ele viu que eu estava olhando para ele e me cumprimentou com a cabeça, bem educado. Mas daí retornou a Grandmère. "Talvez com o mesmo material das cortinas?"

Grandmère pareceu ainda mais estupefata.

"Mas, sim... sim, isso seria aceitável."

"E será que vossa alteza gostaria de um chá?", Jonathan Greer quis saber. "Percebi que a neta da senhora chegou. Posso mandar chá para duas pessoas imediatamente. Sanduichinhos ou biscoitos ou os dois?"

Grandmère estava com cara de quem ia desmaiar, de tão estupefata.

"Os dois, é claro", disse. "E chá Earl Grey."

"Absolutamente", o Jonathan Greer disse, como se não existisse outro tipo de chá. "E talvez um coquetel para a senhora, Vossa Alteza? Acredito que um *sidecar* — servido em copo de coquetel gelado, sem açúcar na borda — seja de sua preferência?"

Grandmère precisou sentar. Ela fez isso com muita graça — bom, tirando a parte em que ela quase sentou em cima do Rommel. Mas ele saiu do caminho no último segundo. Até parece que ele já não está bem acostumado com isso.

"Seria adorável", respondeu, com a voz fraca.

"Faremos todo o possível para tornar sua estada na Suíte Real o mais agradável possível, Vossa Alteza", disse Jonathan Greer. "É só chamar."

E, com isso, ele saiu do quarto com toda a elegância e foi para o corredor — onde eu vi o meu pai, fora do campo de visão de Grandmère, entregar uma nota dobrada para o sujeito e balbuciar um obrigado.

Uau. Às vezes o meu pai sabe mesmo ser sorrateiro.

"Então", ele disse a Grandmère ao entrar no quarto. "O que você acha? Este lugar está condizente com os seus padrões?"

"Chama-se Suíte Real", Grandmère disse, ainda com a voz um pouco fraca.

"De fato, chama mesmo", meu pai disse. "Três quartos de luxo para você, o Rommel e a sua camareira. Espero que aprove. Olha... tem até um cinzeiro."

Grandmère ficou olhando fixamente para a tigelinha de cristal que ele erguia.

"Tem rosas", ela disse. "Cor-de-rosa e brancas. Em vasos por todos os lados."

"Bom, veja só", meu pai disse. "Tem mesmo. Você acha que aguenta morar aqui até o seu apartamento no Plaza ficar pronto?"

Grandmère retomou a compostura.

"Suponho que vá ser *tolerável*", respondeu. "Apesar de não ser, nem de longe, o padrão com que eu estou acostumada."

"Claro que não", meu pai disse. "Mas, às vezes, na vida, é necessário sofrer. Mia, como vai?"

Pulei para longe da janela, através da qual eu estava olhando. Estávamos no 32º andar, e preciso dizer que a vista, apesar de ser linda, não estava ajudando muito com a ânsia de vômito que eu estava meio que me esforçando para segurar.

E também não era só que eu estava com vontade de vomitar. O meu estômago estava todo revirado. Era como se houvesse um daqueles beija-flores que às vezes ficam voando à minha janela na Genovia preso dentro da minha barriga.

Tenho certeza de que isso era só a expectativa nervosa relativa ao êxtase que estou prestes a experimentar nesta noite, nos braços do Michael.

"Está tudo bem", eu disse ao meu pai. Mas falei rápido demais, porque ele me olhou de um jeito esquisito."

"Tem certeza?", ele perguntou. "Você parece... pálida."

"Estou bem", respondi. "Só estou, hm, pronta para a minha aula de princesa de hoje!"

O meu pai me lançou um olhar ainda MAIS ESTRANHO com isso. Eu NUNCA estive pronta para uma aula de princesa. NUNQUINHA.

"Ah, Amelia", Grandmère resmungou do sofá. "Não estou com tempo nem com paciência hoje. A Jeanne e eu temos muitas malas a desfazer." O que se traduz, na linguagem de Grandmère, por *Minha camareira, Jeanne, precisa desfazer as malas enquanto eu, a princesa viúva, fico dando ordens.* "Preciso me instalar antes que possa pensar em mais coisas a ensinar para você. Estas mudanças constantes têm sido MUITO perturbadoras. Não só para mim, mas para o Rommel também."

Todos nós olhamos para o Rommel, que tinha se encolhido em uma bolinha na ponta do sofá e soltava roncos fortes, enquanto sonhava em estar muito, muito longe de Grandmère.

"Bom, mãe", meu pai disse. "Agora que o sr. Greer vai cuidar de você, creio que posso deixá-la um pouco..."

Grandmère só soltou uma gargalhada de desdém.

"Qual modelo sortuda da Victoria's Secret vai ser nesta noite, Phillipe?", ela quis saber. Então, antes mesmo que ele pudesse responder, ela continuou e disse: "Amelia, todo esse deslocamento de um lado para o outro causou danos terríveis aos meus poros. Vou fazer uma limpeza de pele. As aulas de princesa estão canceladas por hoje."

"Hm", respondi. "Tudo bem, Grandmère." Foi realmente muito difícil esconder o meu alívio. Eu tenho MUITO pelo para raspar.

Hmmm, fico aqui me perguntando se ela sabe disso, e se é POR ISSO que está me deixando ir para casa mais cedo.

Mas não, isso não é possível. Nem GRANDMÈRE poderia DESEJAR, realmente, que eu transasse antes do casamento.

Quer dizer. Será que poderia? Por que então ela teria...

Não. Nem mesmo Grandmère poderia ser assim tão calculista.

Quinta-feira, 9 de setembro, no apartamento dos Moscovitz, 19h

Certo, então, eu estou aqui. Estou raspada e esfoliada e condicionada e as esponjas estão seguras na minha mochila e acho que estou pronta.

Quer dizer, tirando a ânsia de vômito, que ainda não foi embora. Tudo está uma *loucura* aqui. O Michael está fazendo as malas para ir viajar, e a mãe dele parece achar que no Japão não tem coisas como xampu e papel higiênico. Ela fica enfiando esse tipo de coisa dentro da mala dele. Ela e a Maya, a empregada dos Moscovitz, foram ao Sam's Club em Nova Jersey e compraram um estoque de um ano de coisas como caixas tamanho família de antiácido Tums para ele levar.

Ele está, tipo:

"Mãe, tenho certeza de que tem Tums no Japão. Ou alguma coisa parecida. Não preciso de uma caixa tamanho família disso. Nem este barril gigante de antisséptico bucal Listerine."

Mas parece que a dra. Moscovitz não liga nem um pouco, só fica colocando tudo de novo dentro da mala cada vez que o Michael tira.

Eu estou meio triste. Quer dizer, eu sei como a dra. Moscovitz se sente. Ela só quer ter ALGUMA sensação de controle em um mundo que rapidamente está se tornando caótico. E, aparentemente, assegurar-se de que o filho tenha antiácido suficiente para durar até o próximo milênio faz com que a mãe do Michael se sinta mais no controle

Eu gostaria de poder dizer a ela que não tem nada com que se preocupar. Já que o Michael não vai para o Japão, no final das contas. Mas não posso realmente contar o meu plano para ELA antes de informar ao MICHAEL.

De todo modo, eu já disse a ele que vamos escapar sem ninguém ver. Ele não gostou nada da ideia — está sempre com medo de desagradar ao meu pai, o que eu posso entender que pode ser uma preocupação para qualquer pessoa, tendo em vista que o meu pai comanda uma força de elite —, mas dá para ver que ele ficou curioso. Ficou, tipo:

"Certo. Deixa só eu achar o meu casaco. Eu sei que está no meu quarto... em algum lugar."

Mal sabe ele que não vai precisar de casaco.

A Lilly acabou de sair do quarto dela com a câmera de vídeo e disse:

"Ah, que bom, PDG, ainda bem que você está aqui. Rápido — diga algumas maneiras para reduzir a poluição que faz o clima esquentar de modo a não experimentarmos um desastre climático como o retratado em *O dia depois de amanhã* e *O dia da destruição*? Quer dizer, se você governasse o mundo, e não só a Genovia."

"Lilly", eu disse. "Não estou a fim de aparecer no seu programa de TV neste momento."

"Isto aqui não é para *Lilly Tells It Like It Really Is*, é para a campanha. Vamos lá, rapidinho, finja que você está falando com o Parlamento da Genovia."

Suspirei.

"Está bem. Bom, em vez de gastar trezentos bilhões de dólares por ano extraindo e refinando combustíveis fósseis, eu diria aos líderes globais para gastar esse dinheiro no desenvolvimento de fontes de energia alternativa limpa, como solar, eólica e biológica."

"Muito bem", a Lilly disse. "O que mais?"

"Isso faz parte da sua ideia de apavorar os calouros para votarem em mim?", perguntei. "Porque eu me preocupo tanto que já pesquisei o que fazer caso qualquer desastre ocorra."

"Apenas responda à pergunta."

"Eu ajudaria os países em desenvolvimento, que são os responsáveis pela maior parte da poluição, a usar fontes de energia limpa também. E exigiria que as montadoras só produzissem carros híbridos que funcionam a gasolina e a eletricidade, e recompraria os jipões de todo mundo, e daria descontos nos impostos aos consumidores e às empresas que mudassem de combustíveis fósseis para energia solar ou eólica."

"Maravilha. Por que você está tão esquisita?"

Coloquei a mão no rosto. Eu tomei cuidado extra com a maquiagem, porque o Michael ia me ver de pertíssimo. Eu queria que parecesse que eu estava sem maquiagem. Os garotos gostam do visual natural. Bom, os garotos como o Michael, pelo menos.

"Como assim?", perguntei. "Esquisita como?" Será que tinha uma espinha aparecendo? Eu nunca tenho sorte mesmo.

"Não, você só parece nervosa demais. Como se fosse vomitar."

"Ah." Graças a Deus não era uma espinha. "Não sei do que você está falando."

"PDG." A Lilly baixou a câmera e ficou olhando para mim, cheia de curiosidade. "O que está acontecendo? O que você está aprontando? Aliás, o que você e o Michael vão fazer hoje à noite? Ele disse que você tinha alguma surpresa para ele."

Graças a Deus que o Michael acabou de sair do quarto dele com a jaqueta jeans na mão e disse:

"Desculpa, agora eu estou pronto."

Eu gostaria de poder dizer a mesma coisa.

Quinta-feira, 9 de setembro, no Ritz

Preciso escrever rápido — o Michael está dando gorjeta para o cara do serviço de quarto. Tudo está dando certíssimo... saímos do prédio sem ninguém desconfiar de nada. O Michael acha que só vamos compartilhar um jantar romântico para dois na suíte de hotel abandonada pela minha avó (que, graças a Deus, limparam depois que ela saiu. Acho que eu não ia conseguir seguir em frente com este plano se o lugar ainda estivesse fedendo a Chanel N° 5, como acontece com a maior parte dos lugares onde a Grandmère entra). Ele não sabe que está prestes a se tornar o depositário do meu dom precioso.

Aaaah, ele está voltando. Vou soltar a bomba depois do jantar... a bomba sexual, quer dizer.

Ei, não tem uma música que fala disso?

Quinta-feira, 9 de setembro, 22h, no táxi de volta do Ritz

Não dá para acreditar que ele...

Ai, meu Deus, como é que eu vou ser capaz de escrever isto? Não consigo nem PENSAR no assunto. Como é que vou poder ESCREVER???? Eu realmente não consigo ENXERGAR para escrever, a luz aqui é péssima. Só consigo ver a página quando o trânsito para, sob a luz de um poste.

Mas como o Ephrain Kleinschmidt — esse é o nome do meu motorista de táxi, de acordo com a licença dele fixada à tela à prova de balas entre ele e eu — pegou a Quinta Avenida e não a Park, como eu pedi, ficamos MUITO TEMPO parados no trânsito.

O que é bom. Não, de verdade, é BOM. Já que assim parece que eu posso chorar tudo o que eu tenho para chorar antes de chegar ao *loft*, para que eu não precise enfrentar o grande interrogatório da minha mãe e do sr. G quando eu entrar com a cara da Kirsten Dunst depois da cena da jacuzzi em *Gostosa loucura*. Sabe como é. Chorando igual a uma histérica e tudo o mais.

O choro realmente está deixando o Ephrain Kleinschmidt apavorado. Acho que ele nunca levou uma princesa de 16 anos em prantos no táxi dele antes. Ele fica olhando aqui para trás pelo espelho retrovisor e tenta me entregar lenços de papel que tira de uma caixa no painel.

Até parece que um lenço de papel vai ajudar!!!!!

A única coisa que vai ajudar é escrever tudo isso de alguma maneira lúcida para me ajudar a dar sentido a tudo. Porque *não faz sentido*. *Nada* disso faz sentido nenhum. NÃO pode estar acontecendo. NÃO PODE.

Tirando que está acontecendo.

Simplesmente não entendo como foi que ele nunca me CONTOU. Quer dizer, falando sério. Achei que o nosso relacionamento fosse perfeito.

Certo, talvez não fosse PERFEITO porque ninguém tem um relacionamento PERFEITO. Reconheço que a coisa do computador realmente me entediava.

Mas pelo menos ele SABIA disso, e não me entediava com o assunto. Não muito.

E eu sei que a coisa das aulas de princesa realmente o entediavam também. Quer dizer, a coisa a respeito de quem cumprimentar, quando e tudo o mais. Então, eu também tentava poupá-lo.

Mas, tirando isso, eu achava que a gente tinha uma boa relação. Uma relação ABERTA. Uma relação em que podíamos CONTAR as coisas um ao outro, sem guardar segredos.

Eu não fazia ideia de que o Michael estava escondendo uma coisa destas de mim durante TODO O TEMPO que ficamos juntos.

E a desculpa dele — de que eu nunca perguntei — é FURADA. Sinto muito, mas isto é simplesmente estúpido — AI, MEU DEUS, EPHRAIN KLEINSCHMIDT, NÃO, EU NÃO QUERO LENCINHO NENHUM. Ninguém NÃO conta para a namorada algo assim, mesmo que ela nunca tenha perguntado, porque ela simplesmente ACHOU...

Mas eu já devia saber. Quer dizer, o que eu estava PENSANDO???? O Michael é gostoso demais para não ter...

Certo. Lucidez. Beleza.

Tudo estava indo maravilhosamente bem. Pelo menos eu ACHEI que tudo estava indo maravilhosamente bem. A ânsia de vômito tinha até ido embora. É verdade que eu não consegui comer muito — pedi o atum-azul com salada de alcachofra e favas e alho-poró e raspas de parmesão para mim, e frango à la *moutarde*, ervilhas frescas, chalotes, cenourinhas e molho de ervilha "*cappuccino*" para o Michael, além de musse de chocolate ao leite para dividirmos de sobremesa. Eu estava um pouco preocupada com o alho-poró, mas tinha um frasquinho de Listerine de bolso na mochila — porque estava muito ansiosa sobre o que eu sabia que estava prestes a fazer.

Mas só de ESTAR com o Michael e nas proximidades do pescoço dele, e portanto de seus feromônios, já me acalmava tanto que, quando chegamos à musse, eu sentia que realmente ia conseguir chegar ao fim do meu plano.

Então eu juntei toda a minha coragem e disse:

"Michael, lembra aquela vez que a minha mãe e o sr. G foram para Indiana e eu fiquei naquele quarto de hotel do Plaza e convidei a Lilly e a Tina e todo mundo para ficar lá comigo, e não você, e você ficou bem bravo?"

"Eu não fiquei bravo", o Michael observou.

"É, mas você ficou decepcionado por eu não ter convidado VOCÊ para ficar lá comigo."

"Isso", o Michael respondeu, "é verdade".

"Bom, então. Agora eu tenho esta suíte de hotel inteira para mim", eu disse. "E convidei você, não a Lilly e o pessoal."

"Sabe", o Michael disse, sorrindo. "Eu meio que reparei sim. Mas não queria dizer nada, para o caso de as meninas aparecerem depois do jantar."

"Por que as meninas apareceriam depois do jantar?"

"Foi piada. Eu meio que entendi que elas não viriam. Mas com você, às vezes, é meio difícil prever as coisas."

"Ah. Bom, o negócio é que..." E foi TÃÃÃO difícil para mim dizer isso, mas eu TINHA de falar. Além do mais, eu QUERIA falar. Quer dizer, eu realmente, de verdade, sentia que estava pronta para Fazer Aquilo. "Eu sei que eu disse que queria esperar até a noite do meu baile de formatura para a gente transar. Mas andei pensando muito, e acho que estou pronta agora. Hoje à noite."

O Michael não pareceu tão chocado quanto eu achei que ele ficaria. Acho que foi principalmente porque nós já estávamos jantando sozinhos em um quarto de hotel. Agora, pensando bem, aquilo tudo meio que deve ter entregado o meu plano.

Daí ele disse uma coisa que me enlouqueceu completamente (na hora, eu não sabia que aquela seria apenas a PRIMEIRA de MUITAS coisas que o Michael diria para me enlouquecer completamente):

"Mia", ele disse. "Você tem certeza? Porque você estava bem firme em relação à coisa toda da noite do baile de formatura, e eu não quero que você mude de ideia só porque eu vou viajar um tempo e você está com medo de que eu, hm, fique com uma gueixa aí, como você comentou antes."

Obviamente, eu fiquei, tipo:

"Hm... O quê?"

Porque, vamos encarar: o Michael tem sido bastante prolixo em relação ao seu desejo por — bom, por mim — no último ano que passou. E o fato de ele QUESTIONAR a minha oferta me fez hesitar.

Isso sem mencionar a parte em que ele ainda não tinha me jogado na cama e declarado que agora, com certeza, não iria mais para o Japão.

"Eu sei", ele disse, como se estivesse mesmo sofrendo alguma dor. "É só que... bom, eu não quero que isto aconteça pelos motivos errados. Tipo porque você acha que se a gente fizer isto, eu vou mudar de ideia a respeito de ir para o Japão ou algo assim."

Daí eu só fiquei lá sentada, olhando para ele fixamente, porque... bom, porque eu não conseguia acreditar que isso estava acontecendo!!!! Quer dizer, ele estava tão completamente disposto a Fazer Aquilo, e depois ir viajar mesmo assim!!!!!! Ficou bem claro que ele acreditava, assim como a Tina acreditou, inicialmente, que eu só estava me oferecendo para fazer amor doce e cheio de ternura com ele para que tivesse uma linda lembrança minha para levar consigo até o outro lado do mundo, onde provaria que é digno de mim.

O que, dá licença, mas — NÃO-VAI-ROLAR.

"Hm", eu disse, porque fiquei muito confusa. "Não. Não foi por isso que eu mudei de ideia a respeito da noite do baile de formatura. Não foi por isso MESMO."

"É mesmo?" O Michael TOTALMENTE parecia não estar acreditando em mim. "Então, se a gente transar hoje à noite, você não vai ficar brava quando eu viajar para o Japão amanhã?"

"Não", eu respondi. Tinha certeza de que as minhas narinas estavam abrindo e fechando enlouquecidamente, por eu estar contando uma mentira assim tão grande. Mas eu esperava que as luzes estivessem fracas o bastante para ele não reparar. "Mas, quer dizer... acho que eu preciso dizer que estou um tanto surpresa de você continuar querendo IR. Levando em conta, sabe como é. É sexo. Comigo. E a gente vai poder fazer sempre."

"Mia", o Michael disse. "Eu já disse mil vezes: parte da razão por que eu vou é por NÓS. Para que gente como a sua avó pare de perguntar: 'Por que ela está com ELE? Ela é uma princesa, e ele é só um cara qualquer que estudou na mesma escola que ela.'"

"Entendo", eu respondi. Estava tentando ser muito madura, mas preciso confessar que estava com vontade de chorar. Não era só por ele ter dito que iria para o Japão mesmo depois de a gente Fazer Aquilo. Era que... bom, eu meio que estava achando que não íamos mais Fazer Aquilo no final das contas, porque, para falar a verdade, o clima meio que tinha desaparecido, e eu estava de fato decepcionada.

Acho que eu *estava* meio ansiosa por aquilo. Tirando a ânsia de vômito.

"Eu sei que você acha que precisa provar que é digno de mim e tudo o mais", prossegui, mal sabendo o que eu estava dizendo, de tanto que estava tentando salvar a situação. Porque eu achei que TALVEZ houvesse uma chance, que se nós de fato Fizéssemos Aquilo no final das contas, depois ele podia mudar de ideia. Quer dizer, e se fosse só porque ele ainda não sabia o que estava perdendo? "E eu sei que o seu braço cirúrgico robotizado é importante. Mas eu acho que NOS SOMOS mais importantes. O NOSSO AMOR é mais importante. E acho que se dermos um ao outro o dom precioso da nossa virgindade, essa seria a forma de expressão mais forte que o nosso amor poderia ter."

E o Michael disse assim:

"O QUÊ precioso?"

Esse é o problema dos meninos. Eles simplesmente não SABEM nada. Quer dizer, eles sabem sobre Halo e HTML e braços cirúrgicos robotizados, mas coisas importantes? Não tanto.

"O dom precioso da nossa virgindade", repeti. "Acho que devíamos dar um ao outro. Hoje à noite."

E daí o Michael disse a coisa que COMPLETA e TOTALMENTE me enlouqueceu. O outro negócio — a respeito de como ele planejava ir para o Japão amanhã, independentemente de a gente transar ou não — não era NADA comparado ao que o Michael disse a seguir. Que foi o seguinte:

"Mia." Ele olhou para mim como se eu fosse louca. "Eu já dei o meu — como foi mesmo que você chamou? Ah, sim o meu dom precioso — há muito tempo."

No começo, fiquei achando que não tinha entendido bem. Quer dizer, porque ele estava RINDO enquanto falava, como se não fosse nada de mais. Com certeza, ninguém iria DAR RISADA ao dizer que já tinha dado seu dom precioso. Não alguém que estivesse falando SÉRIO.

Mas quando eu só fiquei lá olhando para ele. O Michael parou de rir e disse. "Espera. O que foi? Por que você está olhando para mim desse jeito?"

E um calafrio horrível percorreu o meu corpo.

"Michael", eu disse. Parecia que alguém tinha baixado a temperatura do ar condicionado no quarto dez graus, de repente: "Você não é virgem?"

E ele disse assim:

"Não, claro que não. Mas você sabe disso."

!!!!!!!!!!!!!!!!!!!!

Ao que, é claro, eu respondi:

"NÃO, EU NÃO SABIA!" e "DO QUE VOCÊ ESTÁ FALANDO?"

E o Michael começou a parecer preocupado de verdade. Acho que foi porque eu berrei bem alto. Mas eu nem liguei. Porque

!!!!!!!!!!!!!!!!!!!!

"Bom", ele disse. "Acho que a gente nunca CONVERSOU de verdade sobre o assunto, mas eu não achei que fosse nada de mais..."

"VOCÊ JÁ TRANSOU E NÃO ACHOU QUE FOSSE NADA DEMAIS??? QUE NÃO FOSSE NADA ASSIM TÃO IMPORTANTE A PONTO DE CONTAR PARA A SUA NAMORADA????"

Falando sério, eu sei que é ridículo, mas eu estava prestes a chorar. Porque... o dom precioso dele! E ele tinha dado para outra pessoa! E nunca nem pensou que fosse algo importante para contar para mim!

"Foi antes de você e eu começarmos a sair", o Michael disse. Agora parecia totalmente em pânico. Não que eu me importasse. "Eu não achei... quer dizer, foi há tanto tempo..."

"QUEM?" Eu não conseguia parar de berrar. Eu queria berrar. Eu sabia que não estava sendo nada legal. Tenho certeza de que não foi assim que a Tina reagiu quando o Boris contou para ela que a Lilly tinha pegado naquilo.

Mas eu não conseguia mesmo me conter.

"QUEM FOI?"

"Com quem eu transei?" O Michael não parava de olhar para mim, estupefato. "Acho que eu não quero contar. Você pode querer matá-la ou algo assim. Os seus olhos realmente estão revirando dentro das pálpebras neste momento."

"QUEM FOI??????"

"Meu Deus, foi a Judith, tá?" A cara do Michael não estava mais apavorada. Agora ele só parecia aborrecido. "Qual é o SEU problema? Não significou nada, nós só nos divertimos um pouco. Foi muito antes de eu saber que você gostava de mim, então, que diferença faz?"

"A Judith?" Tantos pensamentos colidiam uns com os outros dentro da minha cabeça que parecia que o meu cérebro tinha se transformado em um imenso canteiro de demolição. "A Judith GERSHNER???? VOCÊ TRANSOU COM A JUDITH GERSHNER???? VOCÊ DISSE QUE ELA ERA SÓ SUA AMIGA!!!!!!"

"E era!" O Michael tinha se levantado. Eu também. Estávamos um de cada lado do quarto, de frente um para o outro, berrando. Pelo menos eu estava berrando. O Michael só estava falando. "Mas nós éramos amigos que brincavam um pouquinho."

"Você me disse que não estava com ela! Você me disse que ela tinha namorado!"

"Não estava", ele insistiu. "E ela tinha! Mas..."

"Mas O QUÊ?"

"Mas." Ele deu de ombros. "Não sei. A gente só estava se divertindo. EU JÁ DISSE."

"Ah, É MESMO?" Não dava para acreditar. Não dava para acreditar que o Michael e a Judith Gershner tinham... tinham... quer dizer, eu ERA AMIGA da Judith Gershner. Bom, não era necessariamente AMIGA dela, mas a gente CONVERSAVA.

E, durante todo aquele tempo, nunca fiz a menor ideia de que ELA tinha conhecimento carnal do meu namorado. De que ELA tinha sido a receptora do dom precioso dele. Não eu. NÃO VOU SER EU NUNCA.

Porque, uma vez que você entrega seu dom, não pode pegar de volta e dar para outra pessoa de quem por acaso goste mais, ou que até ame. Não. Está escrito bem ali no livro da Tina. Foi EMBORA. PARA LONGE.

"A JUDITH também achava isso?" Ouvi a mim mesma gritando. "A JUDITH achava que vocês dois só estavam se divertindo? Ou será que ela estava apaixonada por você? Ela por acaso sabia que deu o dom precioso dela para você, só para você virar as costas e começar a sair comigo?"

"Em primeiro lugar", o Michael disse, "se você não parar de falar *dom precioso*, eu vou vomitar. Em segundo, eu já disse: a gente só estava se divertindo. A Judith não estava apaixonada por mim, e eu não estava apaixonado por ela. Pelo amor de Deus, eu nem fui o primeiro dela!"

Eu senti que perdi toda a cor.

"AI, MEU DEUS. Você usou proteção? E se ela PASSOU ALGUMA COISA PARA VOCÊ?"

"Ela não me passou nada! Claro que eu usei proteção! Não sei por que você está fazendo tanto escândalo. Até parece que eu traí você. Isso foi antes mesmo de você me mandar aqueles poemas de amor anônimos. Eu não fazia a menor ideia de que você gostava de mim. Se eu soubesse..."

"Se você soubesse, O QUÊ?", eu quis saber. "Você não teria dado o seu dom precioso para a Judith?"

"Eu já disse para não chamar disso. É, basicamente."

"Então, a culpa é MINHA?", soltei um grito estridente. "É minha culpa você ter perdido a virgindade com uma pessoa que não sou eu porque eu era TÍMIDA????"

"Eu não disse isso."

"Você podia ter me dito que gostava de mim, sabe, em vez de ir para a cama com a JUDITH GERSHNER!"

"De que teria adiantado?", o Michael quis saber. "Na época, você estava com o Kenny Showalter, se é que eu me lembro bem."

Engoli em seco.

"MAS EU NÃO GOSTAVA DELE!"

"Como é que eu ia saber? Você também diz que não gostava do Josh Richter, mas com certeza agia como se gostasse."

Engoli em seco ainda mais alto. O JOSH RICHTER? Ele tinha coragem de mencionar o JOSH RICHTER? NA MINHA CARA?

"Você com certeza ficou bastante com o Kenny", o Michael prosseguiu. "Quer dizer, para um cara de quem você diz que nem gostava.

O que, tudo bem; eu não me importo, porque você recuperou a sanidade no fim. Mas não fique brava comigo por você ter demorado um tempão para confessar que gostava de mim, e eu não ter ficado esperando por você."

"Da maneira como você acha que eu vou ficar esperando você enquanto estiver no Japão se encontrando?", berrei.

O Michael parecia completamente confuso.

"Isso não tem nada a ver com a minha ida para o Japão. Do que é que você está *falando*?"

"De CLARINETISTAS!", ouvi eu mesma gritando. Não era minha intenção. Eu não QUERIA fazer isso, só estava tão emocionalmente tomada por tudo o que tinha ouvido que não consegui me conter. Mais uma vez, minha boca estava funcionando sem o meu cérebro para detê-la. "Você vai para o Japão e acha que eu simplesmente vou ficar esperando sozinha todo sábado à noite até você voltar. Bom, e se eu não QUISER ficar esperando sozinha? Você já pensou NISSO?"

"Mia." De repente, o Michael ficou muito sério. "O que você está dizendo?"

"Estou dizendo que eu só tenho 16 anos", despejei antes que pudesse me segurar. "E você vai ficar longe um ano inteiro. OU MAIS. E não é justo você ficar achando que eu vou simplesmente ficar em casa igual a uma porcaria de uma freira enquanto você se diverte com alguma CLARINETISTA japonesa!"

"Mia." O Michael sacudiu a cabeça. "Eu não faço a menor ideia do que você quer dizer com essa história de clarinetista. Não sei mesmo do que você está falando. Mas em relação a eu achar que você vai ficar trancada em casa igual a uma porcaria de uma freira... nunca pedi para você fazer isso. Eu não achei exatamente que você ia QUERER sair com outros caras enquanto eu estiver viajando — eu com toda a certeza não tenho a menor intenção de ficar com outras pessoas quando estiver fora —, mas, se você quiser, acho que não seria exatamente justo acusar você disso. Mas foi só que eu achei..." Seja lá o que ele ia dizer, parece que parou para pensar melhor. Sacudiu a cabeça. "Deixa para lá. Olha, se é isso que você quer..."

Só que NÃO ERA o que eu queria!!!! Aquilo era a ÚLTIMA COISA que eu queria!

Mas parecia que eu não ia conseguir NADA do que eu queria. Eu QUERIA que o Michael e eu déssemos um para o outro os nossos dons preciosos — desculpa, que a gente fizesse amor — hoje à noite, e que depois ele dissesse que mudou de ideia e que não vai mais para o Japão amanhã, afinal de contas.

Mas acontece que ele não TINHA dom precioso nenhum para dar, e também não tinha a menor intenção de ficar nos Estados Unidos, indo eu para a cama com ele ou não.

EU TINHA COMPROMETIDO OS MEUS PRINCÍPIOS FEMINISTAS AO ME OFERECER PARA IR PARA A CAMA COM ELE AGORA, HOJE À NOITE, EM VEZ DE ESPERAR ATÉ DEPOIS DO MEU BAILE DE FORMATURA, COMO EU SEMPRE DISSE QUE FARIA, E ELE BASICAMENTE RESPONDEU:

"NÃO, OBRIGADO."

Bom, mais ou menos.

Será que ele achou mesmo que eu simplesmente o PERDOARIA por isso?

E foi por esse motivo que eu só olhei para ele e falei assim:

"É, Michael. Isso é EXATAMENTE o que eu quero. Porque a verdade é que, se você escondeu uma coisa dessas de mim durante todo o nosso relacionamento, eu só fico aqui pensando qual é o tipo de relacionamento que nós temos na realidade. Quer dizer, você não foi SINCERO comigo..."

"VOCÊ NUNCA PERGUNTOU, DROGA!" AGORA ele estava gritando. "Eu nem sabia que isso era importante para você! Eu nem sei de onde essa bobagem de *dom precioso* veio!"

Mas era tarde demais. Tarde demais mesmo.

"E o fato de que você está disposto a se mudar para OUTRO PAÍS", prossegui, "serve para mostrar que esta relação realmente nunca teve assim tanto significado para você".

"Mia." O Michael sacudiu a cabeça. Só uma vez. Ele não estava mais gritando. "Não faça isso."

Mas o que mais eu podia fazer? O QUE MAIS???

Estiquei a mão e tirei o colar de floco de neve do meu pescoço. O colar de floco de neve que ele tinha me dado no meu aniversário de 15 anos. Estendi para ele, da mesma maneira que a Arwen deu o colar dela — o pingente Evenstar — para o Aragorn, como presente de despedida, para ele se lembrar dela enquanto tentava recuperar o trono dele para obter a aprovação do pai dela.

Só que eu estava devolvendo ao Michael o colar dele — não porque queria que ele guardasse para se lembrar de mim.

Mas porque eu não queria mais ficar com ele.

Porque de repente aquele floco de neve só me fazia lembrar de que tinha OUTRA pessoa naquele baile — a Judith Gershner.

E, tudo bem, ela estava lá com outro cara. Aquela menina realmente parece que era rodada. Mas, mesmo assim.

O negócio é que foi tudo completamente diferente para o Aragorn e a Arwen. Porque o Aragorn nunca Fez Aquilo com uma menina que sabia clonar moscas-das-frutas. E depois mentiu a respeito do assunto.

E, tudo bem, ele apenas omitiu a informação. Mas, mesmo assim.

ELE NUNCA ME CONTOU. O que MAIS ele não me contou???? COMO É QUE VOU PODER CONFIAR NELE QUANDO ESTIVER NO JAPÃO????

"Mia", o Michael disse, dessa vez com um tom de voz totalmente diferente. Não como se estivesse com a garganta apertada, como Aragorn ficou, mas como se estivesse com vontade de me dar um soco na cara. O que eu sei que ele nunca faria. Mas, mesmo assim. Ele parecia bem bravo. "Não. Faça. Isso."

"Tchau, Michael", eu disse com um soluço. Porque, O QUE MAIS EU PODERIA DIZER?

E joguei o colar no chão — porque ele não quis pegar —, e saí correndo antes que eu me afogasse com as minhas próprias lágrimas.

E agora o Ephrain Kleinschmidt parou na frente do meu prédio e quer 17 dólares. Vou dar uma nota de vinte e deixar ele ficar com o troco de gorjeta. Eu devo a ele essa quantia, pelo menos por todos os lencinhos de papel. Que eu finalmente comecei a usar, porque não consigo parar de chorar, de jeito nenhum. Não vai ter COMO eu ser capaz de esconder o que aconteceu da minha mãe. Isso se ela ainda estiver acordada quando eu entrar.

Se a auto realização é assim, só preciso dizer que eu era bem mais feliz antes de ser auto realizada.

Quinta-feira, 9 de setembro, 23h, no loft

A minha mãe estava acordada. Porque o Lars, quando não me achou na casa do Michael, ligou para ela. Estavam falando ao telefone quando eu entrei pela porta.

Agora estou na cama com uma toalhinha úmida na testa. Isso porque, quando ela desligou o telefone e me perguntou por onde eu tinha andado, eu tive de sair correndo para o banheiro, onde vomitei meu atum-azul com salada de alcachofra e favas e alho-poró e raspas de parmesão. Isso sem falar na musse de chocolate.

Fiz com que ela prometesse não ligar para o serviço de emergência do dr. Fung. A única coisa em mim que está doente é o meu coração.

E estou bem certa de que o dr. Fung não tem nenhum remédio para curar esse problema.

Quinta-feira, 9 de setembro, 23h30, no loft

A minha mãe disse que não acha que o fato de o Michael não ter contado para mim que perdeu a virgindade com a Judith Gershner seja algo de mais — não algo pelo qual valha a pena terminar com ele, de todo jeito. As palavras exatas dela foram:

"Ah, Mia. É só SEXO."

Para ela, é fácil falar. Ela perdeu a virgindade quando era mais nova do que eu, e para um cara que hoje está casado com a ex-PRINCESA DO MILHO. E ela está casada e feliz com outra pessoa. Claro que para ela é só SEXO. Para mim, é a minha VIDA.

"Mãe, ele MENTIU para mim", eu disse.

"Bom, ele não mentiu EXATAMENTE", minha mãe retrucou. "Quer dizer, você perguntou se ele e a Judith estavam namorando. E não estavam."

"Mãe. NAMORAR envolve ir para a cama."

"Desde quando?", minha mãe quis saber. "Achei que TRANSAR significava ir para a cama. E você não perguntou isso ao Michael. Você perguntou se ele e a Judith estavam NAMORANDO."

A razão por que nós sabemos disso é que nós examinamos os meus diários antigos para ter certeza de que eu estava certa. E eu estava.

"Você tem certeza de que não arrumou uma briga com o Michael por causa disso só porque é mais fácil para você lidar com a partida dele se estiver brava com ele, em vez de ainda estar apaixonada por ele, sentindo falta dele o tempo todo?", foi a pergunta completamente bizarra dela.

É, certo, mãe. Porque agora eu estou me sentindo MUITO MELHOR.

Eu não disse a ela como o assunto tinha surgido. Quer dizer, sobre COMO eu tinha ficado sabendo de tudo sobre o Michael e a Judith. A última coisa de que eu preciso é que a minha mãe saiba o que eu tentei fazer — sabe como é, de convencer o Michael a não ir para o Japão ao ir para a cama com ele. Ela nem ficaria MUITO decepcionada comigo por ser uma feminista tão fraca e usar o sexo como ferramenta de manipulação, ou sei lá o quê.

O telefone tocou. Eu nem olhei o identificador de chamada para ver quem era, porque eu sabia. Quem mais ligaria assim tão tarde, correndo o risco de acordar o Rocky (que seria capaz de dormir durante um protesto antiguerra... e na verdade até já dormiu)?

E a minha mãe confirmou quando apareceu no meu quarto para dizer que era o Michael, pedindo desculpa por ligar tão tarde, mas eu não estava atendendo o celular e ele queria ter certeza de que eu tinha chegado bem em casa.

Como se algum dia eu vá voltar a ficar bem.

A minha mãe perguntou se eu queria falar com ele, e eu só olhei para ela e ela disse:

"Hm, Michael, acho que este não é o melhor momento", no telefone e foi embora.

O meu peito está esquisito. Como se estivesse vazio e oco. Imagino se é porque eu acabei de vomitar todo o jantar ou se é porque o meu coração se quebrou em tantos pedacinhos que basicamente desapareceu.

Quinta-feira, 9 de setembro, 23h45, no loft

O Michael acabou de me mandar um e-mail:

SKINNERBX: Mia, não entendi o que aconteceu agora há pouco. A Judith Gershner é uma menina legal, mas nunca significou nada para mim, e nunca significará. Não entendo como o fato de eu ter ido para a cama com ela há dois anos, ANTES DE VOCÊ E EU COMEÇARMOS A SAIR, seja uma razão válida para a gente terminar. Se é que foi isso que aconteceu, porque, como eu já disse, não sei bem se aconteceu, porque você se comportou de uma maneira muito estranha.

E no que diz respeito a eu achar que você vai ficar me esperando enquanto eu estiver no Japão... bom, é, eu meio que achei que você levaria em consideração que parte do motivo por que eu vou é para aumentar as chances de nós dois termos um futuro juntos. Talvez seja pedir demais. Talvez eu não tenha direito de esperar isso de você. Não sei. Não estou entendendo nada. Será que você pode me ligar ou me escrever para, quem sabe, explicar? Porque parece que eu estou completamente sem noção. E tudo isso é a maior idiotice.

Meu Deus. Isso é mesmo a cara dele. O que tem de tão idiota no fato de eu querer um namorado que de fato VALORIZE a intimidade e não despreze sua primeira experiência sexual como "só uma brincadeira"?

E, tudo bem, parece que ela já tinha namorado. Isso só piora as coisas. Ele estava brincando com uma garota que estava brincando com ele PELAS COSTAS DO NAMORADO.

E a JUDITH GERSHNER???? Como é que ele pode ter transado com a JUDITH GERSHNER???? E não ter CONTADO para mim???? Quer dizer, eu já ALMOCEI com a Judith Gershner. Eu já PATINEI NO GELO com a Judith Gershner.

E, tudo bem, só foi uma vez. Mas MESMO ASSIM. Eu não fazia a MÍNIMA IDEIA de que ela e o meu namorado tinham... bom, você sabe.

Mas eu DEVIA saber. Quer dizer, todos os sinais estavam lá. Aquela vez que ela colocou o braço em volta da cadeira dele. E comeu o pão de alho dele. Não dá para acreditar que eu tenha sido tão cega.

Não dá para acreditar que o Michael desperdiçou o dom precioso dele com ELA, se nem a AMAVA.

QUAL É O PROBLEMA DOS MENINOS????

Ô-ou. Alguém está mandando uma mensagem de texto no meu celular. Mas isso é mesmo...

Ah. É a Tina.

TINAHAKIMBABA: Mia, kd vc? O q aconteceu? Vc deu p/ ele seu dom precioso? Ele vai mesmo p/ o Japaum? Manda 1 msg de volta!

Eu PRECISO responder a ela. Eu PRECISO contar a ela o que está acontecendo.

VMRMIAT: Ele disse q ia p/ o Japaum, se a gente Fizesse Akilo ou naum. E o Michael jah deu o dom precioso dele p/ a Judith Gershner!!!!!

TINAHAKIMBABA: !!!!!!!!!!!!!!!!

Graças a Deus que a Tina existe. Eu a adoro demais.

VMRMIAT: POIS EH!!!!!!!

TINAHAKIMBABA: MAS ELE NAUM AMAVA ELA!!!!!!!!!!!

VMRMIAT: Ele disse q naum significou nada, soh tavam "brincando". Tina, o q eu faço?????? Como foi q ele naum me disse?

TINAHAKIMBABA: Mas ele DISSE p/ vc.

VMRMIAT: 1 pouco tarde D+!!!!!

TINAHAKIMBABA: Mas ele CONTOU.

VMRMIAT: ELE NEM AMAVA ELA!!!!!!!!

TINAHAKIMBABA: Mts vezes, nos livros de amor, o herói faz sexo insignificante c/ mulheres antes de conhecer a heroína.

VMRMIAT: C/ A JUDITH GERSHNER?????

TINAHAKIMBABA: Bom, naum. Mas assim soh fica + IMPORTANTE quando ele e a heroína Fazem Akilo. Pq o sexo eh bem melhor qd vc ama a pessoa.

VMRMIAT: NAUM ACREDITO Q VC VAI DEFENDER ELE!!!! Ele disse q ia p/ o Japaum mesmo q a gente Fizesse Akilo!!!!

TINAHAKIMBABA: Acho q vc tem razaum de ficar brava. Mas vcs terminaram mesmo?

VMRMIAT: Eu devolvi p/ ele o colar de floco de neve.

TINAHAKIMBABA: MIA!!!!!!! NAUM!!!!!!!!!!!!!

VMRMIAT: TINA, ELE MENTIU P/ MIM!!!!

TINAHAKIMBABA: Naum, naum mentiu! Ele CONTOU p/ vc. No fim.

VMRMIAT: Esse naum eh o problema. O problema eh q a JUDITH GERSHNET PEGOU NAKILO ANTES D MIM!!!!

TINAHAKIMBABA: A Lilly Pegou Nakilo antes d mim.

VMRMIAT: MAS ELA EH SUA AMIGA!!!!! E tb, a Lilly e o Boris naum foram ATEH O FIM. E o Boris naum vai p/ o Japaum e deixar vc sozinha 1 ano. OU MAIS!!!!

TINAHAKIMBABA: Verdade. Ah, Mia. Desculpa. Preciso ir. Meu pai disse q jah passei do limite de msg de tx este mês — ateh +!

A Tina é tão fofa. Arriscou deixar o pai irado para me mandar mensagens de texto quando eu mais precisava. Ela é uma boa amiga, uma amiga de verdade.
Falando nisso... como é que eu vou poder olhar na cara da Lilly de manhã? Não vai ter como.
Simplesmente, não vai ter como.

EU, PRINCESA???? CERTO, ATÉ PARECE
Um roteiro de Mia Thermopolis
(primeiro rascunho)

Cena 24

INTERIOR/NOITE — Um apartamento alugado, espaçoso e confortável na Quinta Avenida de Nova York, próximo à Union Square. MIA THERMOPOLIS, com a aparência recém-renovada, acaba de entrar pela porta. A melhor amiga dela, LILLY MOSCOVITZ, uma menina levemente gordinha, com cara de *pug*, fica olhando para ela, incrédula.

LILLY
Ai, meu Deus, o que aconteceu com você?

MIA
(tirando o casaco, só para parecer relaxada)
É, bom, a minha avó me fez ir a um cabeleireiro, o Paolo, e ele...

LILLY
(em estado de choque)
O seu cabelo está da mesma cor que o da Lana Weinberger. O que é isso nos seus DEDOS? A Lana também usa isso! Ai, meu Deus, Mia, você está se transformando na Lana Weinberger!

MIA
(incapaz de continuar aguentando aquilo)
Lilly. Cala a boca.

MICHAEL
(aparece à porta sem camisa)
Uau.

LILLY
O QUÊ? O QUE você acabou de dizer para mim?

MIA
Sabe o quê, Lilly? Eu sou PRINCESA. Sou a princesa da Genovia. E vou SEMPRE ser princesa. Não posso fugir disso, não posso fingir que não aconteceu. E, como princesa, vou sempre valorizar as qualidades características de princesa das outras pessoas, tais como honestidade e amor-próprio e não Fazer Aquilo Com Gente Que Você Nem Ama. Tchau.

MICHAEL
Uau.

MIA sai da sala batendo os pés. LILLY e MICHAEL trocam olhares estupefatos.

Sexta-feira, 10 de setembro, 1h, no loft

Mas é claro que, agora, eu sei que o Michael passou aquele tempo todo — talvez até na época em que eu fiquei sabendo que era princesa — transando com a Judith Gershner.

E eu simplesmente não sabia.

Porque ele nunca me contou.

Sexta-feira, 10 de setembro, 1h30, no loft

COMO É QUE EU VOU PODER VIVER SEM ELE?????

Sexta-feira, 10 de setembro, 2h15, no loft

Eu preciso ser forte. Eu PRECISO. Ele MENTIU para mim. Ele disse que talvez fosse boa ideia nós DARMOS UM TEMPO.

Não posso simplesmente permitir que ele se saia com essa. Talvez escrever um poema me ajude.

Achou que eu abri mão de você por causa
De alguns princípios morais do feminismo.
Você, cuja cabeça deveria ser condecorada
Com louros prateados, quanto esnobismo!

Afinal, você não foi homem?
O sexo que você fez não foi tudo?
Você não estava de terno e gravata?
Com seus pés grandes e seu peito peludo?

Ainda assim, você abriu a gaiola
Para o meu voo descuidado e teimoso.
Achou que eu aprenderia minha lição logo
E retornaria ao seu convívio gostoso.

Mas depois que encontrei a liberdade,
Desapareci da sua frente.
Talvez eu não ache alguém mais legal,
Mas qualquer um é melhor do que um descrente.

Ah, nosso caso de amor foi trágico!
Chorei com lágrimas e paixão.
Até você me largar, e descobri
Que prefiro ficar na solidão.

Meu Deus, eu bem que gostaria que fosse tudo verdade, Michael! Meu querido protetor!

Sexta-feira, 10 de setembro, 3h, no loft

Caro Michael,

Eu só queria dizer..

Caro Michael

Por que você tinha de...

Caro Michael,
POR QUÊ????

Sexta-feira, 10 de setembro, 4h, no loft

Michael! Minha esperança! Meu amor! Minha vida!

Sexta-feira, 10 de setembro, na limusine a caminho da escola

Não dá para acreditar que a minha mãe me obrigou a ir à escola hoje.

Eu disse a ela que o meu coração estava partido. Eu disse a ela que não tinha PISCADO OS OLHOS A NOITE INTEIRA. Eu disse a ela que não consigo parar de chorar. Eu praticamente não paro de chorar desde ontem à noite. Eu nem sabia que os seres humanos eram CAPAZES de produzir tantas lágrimas.

Foi como falar com um muro de pedra. A minha mãe ficou toda:

"Você é que terminou com o Michael, Mia, não o contrário. Não vai ter como você ficar na fossa, na cama, o dia inteiro.

É estranho, mas... é quase como se ela estivesse do lado do MICHAEL, ou algo assim.

Mas isso não pode ser possível, certo? Quer dizer, ela é MINHA mãe, não é mãe DELE.

Mesmo assim. Ela até ME fez ligar para a Lilly e dizer a ela que encontrasse um transporte alternativo até a escola hoje de manhã. Ela se recusou a fazer isso para mim, apesar de eu ter implorado, porque eu estava com medo de que o Michael visse que era eu no identificador de chamada e atendesse.

Eu fico mal de deixar a Lilly na mão, sem carona, mas NÃO VAI TER COMO eu encarar o Michael nesta manhã. E eu sei que ele vai TOTALMENTE estar me esperando na frente do prédio, porque ele me mandou um e-mail hoje de manhã dizendo isso, em que se lia o seguinte:

SKINNERBX: Eu continuo sem entender o que fiz de errado. Como é que o fato de eu ter ido para a cama com alguém antes mesmo de saber que você gostava de mim pode ser considerado um crime? Não entendo.
Acho que eu consigo ver por que você está chateada com a coisa do Japão, mas não sei quantas vezes vou ter de explicar que uma das razões por que eu estou fazendo isso é por causa de NÓS, antes que o nosso relacionamento afunde. A Lilly disse que o Boris tinha dito alguma coisa sobre clarinetistas no almoço outro dia, então acho que foi daí que tudo aquilo surgiu, mas eu continuo sem entender. Mas se você quiser sair com outras pessoas enquanto eu estiver fora, acho que tudo bem. Talvez seja até bom.

Olha, a gente precisa conversar, certo? Vou ficar esperando com a Lilly na frente do prédio, antes da escola. Quem sabe a gente toma um café?

Eu TIVE de ligar para a Lilly (no celular dela, para não correr o risco de o Michael atender) e falei, tipo:
"Lilly? Hoje eu não vou poder passar aí para pegar você."
"PDG?", a Lilly parecia desconfiada. "É você?"
"S-sou eu", respondi.
"Espera... você está CHORANDO?"

"E-estou", respondi. Porque estava.

"O QUE está acontecendo?", a Lilly quis saber. "O que você fez com o meu irmão? Eu nunca vi o Michael desse jeito. Você deu mesmo o pé na bunda dele? Porque ele disse que você deu."

"Ele... ele..."

Mas era inútil. Eu não conseguia falar. Estava chorando demais.

"Caramba, Mia", a Lilly disse, realmente parecendo preocupada comigo, pela primeira vez na vida. "Parece que você está pior do que ele. O QUE ESTÁ ACONTECENDO?"

"N-não posso falar agora", eu disse. Porque, literalmente, eu *não conseguia falar*, de tanto que estava chorando.

"Tudo bem", a Lilly disse. "Mas, Mia... falando sério, não sei que história é essa, mas você está despedaçando o coração dele. A única razão por que eu não vou até aí dar porrada em você por causa disso é que eu estou vendo que o seu coração também não está lá muito bem. Mas, falando sério, você *tem de* falar com ele. Apenas *converse* com ele. Tenho certeza de que, seja lá o que for, vocês dois podem resolver, se simplesmente CONVERSAREM. Certo?"

Mas eu não consegui responder. Estava chorando demais

Mas, se eu conseguisse dizer alguma coisa, seria:

"É tarde demais, Lilly. Não restou nada a ser dito."

Porque não restou mesmo.

Estou sentindo tanto a falta dele... e ele ainda nem foi viajar.

*Sexta-feira, 10 de setembro,
Introdução à escrita Criativa*

EU, PRINCESA???? CERTO, ATÉ PARECE
Um roteiro de Mia Thermopolis
(segundo rascunho)

Cena 12
INTERIOR / DIA — The Palm Court no hotel Plaza em Nova York. Uma garota sem peito com cabelo no formato de um triângulo invertido (MIA THERMOPOLIS, de 14 anos) está sentada a uma mesa toda enfeitada, na frente de um homem careca (o pai dela, PRÍNCIPE PHILLIPE). Dá para ver pela expressão de MIA que seu pai lhe diz algo perturbador.

PRÍNCIPE PHILLIPE
Você não é mais Mia Thermopolis, querida.

MIA
(piscando, estupefata)
Não sou? Então, quem eu sou?

PRÍNCIPE PHILLIPE
Você é Amelia Mignonette Grimaldi Thermopolis
Renaldo, princesa da Genovia.

MIA
(levanta-se da mesa, tira uma Uzi da mochila)
Pai, cuidado!

NINJAS descem do teto por cordas. MIA chuta a mesa para longe, mandando os apetrechos de chá pelos ares. Então, crava a sala de balas de sua Uzi. TURISTAS e GARÇONS mergulham em busca de proteção. O pai dela, apavorado, se encolhe atrás de um vaso de planta. Mia joga a Uzi, que emperrou, no chão e atinge os NINJAS com chutes de *kickbox*, despachando-os um a um, à la River no filme *SERENITY: A LUTA PELO AMANHÃ*.

Finalmente, a sala fica calma, com todos os NINJAS inconscientes. Um por um, os TURISTAS e os GARÇONS se levantam. Um deles começa a bater palmas, lentamente. Todas as outras pessoas se juntam a ele. Logo, MIA está sendo ovacionada por sua coragem.

MIA vai até onde PHILLIPE está e estende a mão direita para ajudá-lo a se levantar. Hesitante, ele aceita a ajuda. Ela o puxa para cima.

PRÍNCIPE PHILLIPE
(agradecido)
Mia... onde foi que você aprendeu a...

MIA
(com muita frieza)
Eu trabalho para um matador de demônios altamente treinado do Vaticano há anos, pai. Você não sabia?

PRÍNCIPE PHILLIPE
Eu não sabia. Estava errado sobre você, Mia. Você não é apenas uma princesa.

MIA
Não, pai, não sou.

F

Mia, embora isso seja altamente criativo, não atende à tarefa de maneira nenhuma, que era descrever um animal de estimação de que você gosta.

— **C. Martinez**

Sexta-feira, 10 de setembro, Inglês

Está tudo bem?

Acho que sim, Tina. Obrigada.

Você parece meio... pálida. E os seus olhos estão vermelhos.

É. Bom, eu não dormi muito ontem à noite.

Você já falou com ele? Com o Michael, quer dizer?

Não. Não pessoalmente.

Ele não ligou? Nem mandou mensagem de texto?

Bom, mandou. Mas eu não respondi. Como é que eu posso responder, Tina? O que eu posso DIZER?

É verdade. Mas, se ele pedisse desculpa, você não perdoaria?

Ele não vai pedir desculpa, Tina. Ele acha que não fez nada de errado!!!

Mas não pode SER. Quer dizer, não pode estar tudo ACABADO entre vocês dois. Vocês se amam demais!!!!!

O Michael mesmo disse — em um dos e-mails que ele mandou — que talvez seja melhor assim. Sabe, de a gente sair com outras pessoas enquanto ele estiver fora.

ELE DISSE ISSO????

Bom, não disse que ELE ia sair com outras pessoas, mas que tudo bem para ele se eu quisesse sair.

Espera... ele DISSE mesmo isso?

Disse. Disse sim. Bom, ele disse que achava que ENTÃO tudo bem.

Ah, Mia! Nem sei o que dizer em relação a isso, mas... você acha que talvez *O seu dom precioso* pode estar errado? Porque nos meus livros de amor preferidos — *O xeque e a secretária virgem* **e** *O xeque e a princesa noiva* **— nenhum dos xeques era virgem, e deu tudo certo para eles e as NAMORADAS deles.**

Eu não queria escrever o que escrevi a seguir. De verdade. Fiquei MAGOADA de dizer isso. Mas eu TINHA de dizer. Porque a Tina simplesmente não pode viver na Tinalândia o resto da vida. Simplesmente não pode.

Tina. Aquilo são só LIVROS.

Mas a Tina não arredava pé.

O seu dom precioso **é um LIVRO. Como ele está certo e os livros dos xeques não estão?**

Tina. Nenhum dos xeques dos livros Fez Aquilo com a Judith Gershner e depois MENTIU sobre o assunto, certo? Nenhum dos xeques daqueles livros inventou um braço cirúrgico robotizado e vai embora para o Japão por um ano. Ou mais. E se fossem, levariam sua secretária virgem noiva princesa COM ELES.

Eu sei. Só acho que talvez você devesse dar mais uma chance ao Michael.

Como é que eu posso fazer isso? Agora, cada vez que eu penso nele, só consigo ver a Judith Gershner com a língua enfiada na boca dele. E essa é a coisa MENOS nojenta que eu imagino os dois fazendo.

É. Eu me senti assim quando fiquei sabendo da Lilly e do Boris. Mas depois de um tempo passa, Mia. Mesmo. Daqui a alguns dias, você não vai mais enxergar a Judith Gershner na sua cabeça quando pensar no Michael.

Obrigada, Tina. Eu entendo o que você está dizendo. Entendo mesmo. Mas o problema é que, daqui a alguns dias — não, daqui a algumas HORAS —, o Michael não vai mais estar aqui. E é possível que nunca mais volte!

Mia! Ai, meu Deus, sinto muito! Eu não queria fazer você chorar!

Não é você, Tina. Sou eu. É só que...

Mia, tudo bem. Você não precisa escrever mais nada. Vou ficar quieta.

Meu Deus. Como é que a coisa pode ter chegado a este ponto? Eu na aula de inglês, CHORANDO???

De certo modo, eu queria que o MICHAEL fosse xeque, e eu fosse a secretária virgem ou a princesa noiva dele. Eu sei que não é muito feminista da minha parte pensar assim.

Mas se ele me sequestrasse e me levasse para sua barraca no deserto em vez de se mudar para o Japão, pelo menos eu saberia que ele se importa comigo de verdade.

Sexta-feira, 10 de setembro, Francês

Mia! É verdade?

É, Perin. É verdade que o Michael confessou que transou com a Judith Gershner e que vai se mudar para o Japão e que ele e eu terminamos. Estou me sentindo realmente péssima com isso e não quero começar a chorar no meio da aula de francês, então, será que a gente pode não falar sobre isso?

Hm, claro. Mas eu queria saber se é verdade que você sabe o que fazer se um tsunami atingir Nova York.

Ah, é. Isso também é verdade.

Sinto muito sobre você e o Michael. Eu não sabia. Então, acho que agora você está solteira?

Não tinha pensado sobre o assunto. Mas, é, acho que estou.

Quer dormir lá em casa?

Ah, obrigada pelo convite, Perin, mas acho que simplesmente vou para casa e me enfiar na cama. Para dizer a verdade, não estou assim muito bem.

Certo. Bom, melhoras!

Valeu!

Que'est-ce que c'est que le mérite incroyable d'une femme, vous demandez? Selon la chaine douze, le mérite incroyable d'une femme est sa capacité de nourir ses enfants. Une femme avec une carrière? Ça, c'est une femme qui n'adore pas ses enfants, ou son mari. Elle n'est pas une chrétienne! Elle est une serveuse du diable!

Mes camarades et moi nous nous sommes regardés les unes les autres. Nous avons changés le chaine. Et juste a l'heure!

117 + 76 = só 193!!!!!! Preciso de mais sete palavras!

Ah, espera... o título. E O MEU NOME:
Une Emission Pleine d'Action
par
Amelia Mignonette Grimaldi Renaldo Thermopolis
BELEZA!!!!
Pelo menos ALGUMA COISA está dando certo para mim hoje.

Sexta-feira, 10 de setembro, entre Francês e o Almoço

Meu telefone acabou de tocar. O Michael mandou a seguinte mensagem de texto:

MICHAELM: Pelo menos deixa eu dar uma passada para tentar explicar. Apesar de isso não ser nada fácil porque eu ainda não sei bem, exatamente, o que eu fiz de errado.

Do que é que ele está falando, *dar uma passada para tentar explicar*? Como é que ele pode dar uma passada para tentar explicar? Estou na ESCOLA.
E como é que ele ainda não sabe o que fez de errado?????

Sexta-feira, 10 de setembro, Almoço

Quer saber? Não estou nem aí. Eles que FIQUEM olhando para mim. Esta aqui é a coisa mais deliciosa que eu já comi neste refeitório. Se eu soubesse que *cheeseburguer* era assim tão bom, aliás, teria começado a comê-los há muito tempo.

E sabe o quê? Não estou nem aí. Quer dizer, continuo me sentindo mal por causa dos animais e tal.

Mas, de certo modo, é como se... bom, azar deles. O mundo é um lugar injusto. Às vezes você é o para-brisa. Outras vezes é o inseto.

Isso é de uma música que a minha mãe gosta.

Se existir alguma coisa parecida com reencarnação, eu provavelmente vou voltar como vaca, e vou passar a vida inteira em uma baia de estábulo minúscula, em que mal vou poder me mexer, e no fim alguém vai chegar e me dar uma porrada na cabeça e me pelar e transformar meu couro em uma minissaia e o restante de mim em um hambúrguer para que uma menina cujo namorado deu seu dom precioso para a Judith Gershner possa comer, e que azar o meu. É o ciclo da vida, minha filha.

Uau. Acho que me transformei em niilista completa agora.

Parece que é o que a Lilly acha. E parece que ela nem consegue acreditar.

"Um hambúrguer?" Ela simplesmente não consegue parar de olhar para a minha bandeja. "Você está comendo um *CHEESEBURGUER?*"

"Não ligo mais", respondi. Porque é verdade. Não ligo. Mais para nada. Por ser niilista e tudo o mais.

"Você e o meu irmão", ela disse, "brigam uma vezinha e você termina com ele e começa a comer carne? Ele tem razão. Você perdeu MESMO a cabeça."

Largo meu hambúrguer com essa.

"Ele DISSE isso?", eu quis saber. Não me importei com o fato de estarmos tendo essa discussão na frente de todo o pessoal do almoço: o J.P., o Boris, a Ling Su, a Tina, a Perin. Por que deveria me importar? Não ligo mais para nada. "O Michael disse que eu perdi a cabeça?"

"Basicamente", a Lilly respondeu. "E o fato de você estar aqui comendo um *cheeseburguer* só serve para comprovar. Você não come carne desde os seis anos de idade!"

"Bom, talvez esteja na hora de começar a comer", respondi. "Talvez, se eu tivesse passado esse tempo todo ingerindo mais proteína, não teria tomado tantas decisões idiotas."

"A qual delas você está se referindo?", Lilly perguntou, ácida.

"Ei, Lilly", o J.P. disse baixinho, mas com a voz bem firme. "Corta essa."

A Lilly pareceu surpresa. Ela não está acostumada com J.P. se intrometendo nas conversas dela comigo. Porque ele nunca fez isso antes.

Mas já era tarde demais. Porque os meus olhos já estavam se enchendo de lágrimas. De novo.

Acho que, no fim das contas, não sou niilista.

"Se ele acha que eu perdi a cabeça", eu disse à Lilly, mal conseguindo segurar um soluço, "então ele não entendeu NADA MESMO. Eu NÃO perdi a cabeça. Eu simplesmente não consigo mais AGUENTAR tudo isso."

"Aguentar o quê?", Lilly quis saber. "Ter um cara que ama tanto você que, enquanto você passava o verão na Genovia, ele inventou uma coisa fantástica que pode mudar o destino da história da medicina como a conhecemos, só para poder provar que ele é digno de estar com você, e daí você dá um tapa na cara dele quando ele explicou que, para que a coisa se concretize, ele precisa ficar longe por um tempo?"

Só fiquei olhando para ela com ódio, apesar de estar um pouco difícil de enxergá-la através das lágrimas.

"Não é nada disso", eu disse, "e você sabe muito bem."

"Ah, espera, já sei. É por causa de todos os meses que ele passou sem contar para você uma coisa que SABIA que você não ia entender e com a qual iria pirar, porque faz parte da sua natureza pirar com qualquer coisinha, e ele queria poupá-la?"

"O que ele fez", eu disse, com a voz embargada, "não foi uma COISINHA..."

"Ah, me poupe", a Lilly retrucou. "A Tina me falou daquele livro idiota que a tia deu para ela. Você realmente é tão ignorante que não sabe que essa bobagem toda de 'dom precioso' começou como a maneira que os homens encontraram para controlar as mulheres, para que pudessem limitar seus números de parceiros sexuais, e assim garantir a legitimidade de seus próprios descendentes?"

"Espera aí", eu disse, olhando para ela. O que era difícil fazer, levando em conta que as lágrimas faziam parecer que o meu nariz estava formigando. "Não tem NADA de errado em esperar para transar até poder ficar com alguém que você ama."

"Claro que não tem", a Lilly respondeu. "Você tem todo o direito de acreditar nisso. Mas CONDENAR alguém que não necessariamente COMPARTILHA dessa crença? Isso não é nada melhor do que aqueles juízes fundamentalistas do Irã que condenam mulheres a serem enterradas até o pescoço na areia e apedrejadas na cabeça. Porque, de qualquer maneira que se examine a questão, trata-se de VOCÊ castigar alguém por não compartilhar do SEU ponto de vista moral."

As lágrimas totalmente começaram a escorrer com essa. Quer dizer, fala sério. Comparar a MIM com um daqueles juízes fundamentalistas do mal?

Mas a Lilly não desistia.

"Por que você não reconhece sobre o que essa briga toda com o Michael REALMENTE é, Mia?", ela desdenhou. "Você está brava porque o Michael se recusa a fazer o que você quer, que é ficar em Nova York para ser seu cachorrinho de colo. Porque ele tem vontade própria e quer usá-la para construir uma VIDA própria. ESSA é toda a questão. E NEM tente negar."

Foi aí que o J.P. se levantou, puxou a Lilly pelo braço e disse:

"Vem comigo. Nós vamos dar uma volta", e a arrastou para fora do refeitório.

E foi aí também que eu comecei a chorar de verdade. Não fiquei soluçando nem nada disso. Foi só um choro silencioso, sobre o resto do meu *cheeseburguer*

É, agora eu me transformei em uma comedora de carne chorona e ridícula.

O Boris me deu um tapinha no ombro e disse:

"Não chora, Mia. Acho que você está fazendo a coisa certa. Relações a distância nunca funcionam. É melhor cortar de vez, assim mesmo."

"Boris", a Tina disse, parecendo passada

"Não", respondi. "Ele tem razão."

Porque tem.

Só queria que não tivesse.

E, também, que eu estivesse morta.

Simplesmente fui lá e peguei um pouco de bacon para colocar no meu *cheeseburguer*.

Sexta-feira, 10 de setembro, Superdotados & Talentosos

Quase matei esta aula. Em parte porque eu estava passando mal de verdade depois daquele hambúrguer. Eu realmente não devia ter completado com o bacon.

Mas também, em parte, porque eu não queria voltar a ver a Lilly. Principalmente sem o J.P. para segurá-la.

Mas eu não faltei, porque achei que simplesmente ia arrumar problemas. E uma visita à sala da diretora Gupta é a última coisa de que eu preciso.

Também, peguei uns antiácidos com a enfermeira, e parece que eles ajudaram.

Quando entrei na sala, fiquei feliz por não ter faltado. Feliz porque a primeira coisa que vi ao entrar foi a Lilly CHORANDO.

Não fiquei feliz porque ela estava chorando. Fiquei feliz porque ela obviamente estava precisando de mim. Quer dizer, alguma coisa tinha acontecido. Alguma coisa IMPORTANTE.

O Boris estava em pé ao lado dela, parecendo assustado. Acho que é simplesmente normal o fato de eu ter achado que a Lilly estava chorando por causa de alguma coisa que o Boris tinha dito a ela, já que ele me lançou um olhar de pânico completo quando eu entrei.

"O que você fez para ela?", perguntei a ele, chocada. Porque às vezes o Boris sabe ser um imbecil completo. Mas ele sinceramente não tem a INTENÇAO de ser. E ele ficou bem menos imbecil desde que a Tina começou a namorá-lo.

"Ela já estava assim quando eu cheguei", o Boris insistiu. "Não fui eu!"

"Lilly." Eu não fazia a menor ideia de qual era o problema dela. Claro que não podia ter nada a ver comigo e o Michael. *Aquilo* nunca faria a Lilly chorar. Quase nada fazia a Lilly chorar. Menos... engoli em seco. "A Lana Weinberger resolveu concorrer à vaga de presidente estudantil no final das contas?"

"Não!", a Lilly disse, com ar de desdém, entre soluços. "Meu Deus! Você acha que eu ia ficar aqui chorando por uma coisa *dessas*?"

"Bom." Fiquei olhando para ela, sem entender nada. "O que foi, então?"

"Não quero falar sobre o assunto", a Lilly respondeu.

Mas reparei que o olhar dela deslizou na direção do Boris. E, o mais importante, é que o Boris também reparou.

E então — exercitando um pouco do tato que a Tina ensinou para ele com tanto cuidado —, o Boris disse:

"Acho que vou lá começar a ensaiar agora", e se afastou e entrou no armário de materiais sozinho.

Eu disse:

"Certo, ele não está mais aqui. Agora, pode contar."

A Lilly respirou fundo, tremendo toda. Então, deu uma olhada em todas as outras pessoas que estavam na sala — todas imediatamente abaixaram a cabeça, fingindo estarem concentradas em seus projetos pessoais, algo que NUNCA acontece, a não ser que a sra. Hill esteja na sala, coisa que com toda a certeza não estava naquele momento — e sussurrou:

"O J.P. acabou de terminar comigo."

Fiquei olhando para ela, completa e totalmente estupefata.

"*O quê?*"

"Você ouviu." A Lilly esticou a mão e enxugou as lágrimas com o pulso, deixando uma marca comprida de rímel de cada lado do rosto. "Ele me deu o pé na bunda."

Puxei a cadeira mais próxima da Lilly bem a tempo de desabar em cima dela, e não no chão.

"Está de brincadeira", eu disse. Porque foi a única coisa que eu consegui pensar em dizer.

Mas estava absolutamente claro, por causa das lágrimas que escorriam feito um rio dos olhos dela, que *não* estava de brincadeira.

"Mas *por quê?*", eu perguntei. "*Quando?*"

"Agora mesmo", a Lilly respondeu. "Lá fora, nos degraus da entrada, ao lado do Joe." O Joe é o leão de pedra que ladeia os degraus que conduzem à porta de entrada da Albert Einstein High School. "Ele disse que estava muito mal, mas que não sentia por mim a mesma coisa que eu sentia por ele. Disse que me considera uma amiga, mas que nunca me a-amou!"

Eu não conseguia parar de olhar para ela. De algum modo, isso era muito mais horrível do que aquilo que o Michael tinha feito comigo. Quer dizer, o Michael transou com a Judith Gershner e mentiu para mim sobre isso e tudo o mais.

Mas ele nunca disse que não me amava.

"Ah, Lilly", eu exalei. Esqueci que agora era niilista. Só conseguia pensar em como a Lilly estava sofrendo. "Ah, Lilly. Sinto muito, de verdade."

"Eu também sinto", a Lilly disse, enxugando os olhos de novo. "Sinto muito por ser tão *idiota* a ponto de não ter admitido antes, para mim mesma, o que eu SABIA que estava acontecendo."

Fiquei só olhando para ela, sem entender nada.

"Como assim?"

"Bom, na primeira vez que eu disse para ele que o amava, ele só respondeu muito obrigado. Quer dizer, eu devia ter tomado isso como sinal de que ele não sentia a mesma coisa por mim, certo?"

"Mas a gente sempre achou que era porque ele não estava acostumado com o fato de alguma menina gostar dele", eu disse. "Lembra, a Tina falou..."

"Certo, que ele era igual à Fera de *A Bela e a Fera*, desacostumado ao amor humano, e sem saber muito bem como reagir a isso. Bom, sabe o quê? A Tina estava errada. Não foi que ele não sabia como reagir. Ele só não correspondia ao meu amor, e não queria ferir os meus sentimentos dizendo isso. Então ele simplesmente foi empurrando com a barriga, todos esses meses."

Não pude evitar prender a respiração.

"Ah, Lilly", eu disse. "Não! Quer dizer, ele deve ter pensado que talvez..."

"Que ele iria aprender a me amar?", a Lilly conseguiu dar um sorriso cheio de mágoa. "É, bom, parece que não deu certo."

"Ah, Lilly", eu disse. Eu poderia ter matado o J.P. naquele exato momento. Realmente, poderia ter matado. Não dava para acreditar que ele estava fazendo aquilo com ela.

E, ainda mais, na escola! Não tinha lugar melhor? Quer dizer, por que ele não esperou até estarem sozinhos em algum lugar, como no Ray's Pizza, para ter dado a notícia para ela, para que pudesse chorar em particular? Qual é o *problema* dos meninos?

Vou matar o J.P. É sério. Vou matá-lo.

Nem percebi que tinha dito isso em voz alta até a Lilly estender a mão, agarrar o meu pulso e dizer:

"Mia. Não. Não faça isso."

Olhei para ela, assustada.

"O que não é para eu não fazer?"

"Não fala nada disso para ele. Mesmo. A culpa é minha. Eu... eu meio que sempre soube que ele não me amava."

"*O quê?*", já ouvi isso antes. Quando vítimas de namorados sacanas se culpam por coisas que o cara fez por conta própria.

Mas eu nunca pensei que a LILLY, ninguém menos, seria uma dessas pessoas.

"Como *assim*, você sabia? Obviamente não sabia, Lilly, se não, não teria..."

"Não, é verdade", a Lilly disse com a voz rouca de tantas lágrimas. "Quando ele não respondeu que também me amava, desconfiei de que tinha alguma coisa errada. Mas eu... bom, foi como você disse. Eu achei que ele poderia aprender a me amar. Então, continuei com ele, em vez de terminar tudo, como deveria ter feito. Não é culpa dele. Ele tentou, Mia. Realmente tentou. Na verdade, foi mesmo muito legal da parte dele não deixar a coisa ir mais para a frente do que foi. Ele realmente podia ter se aproveitado. Mas não se aproveitou."

Não pude evitar dizer:

"Então, espera. Isso significa que vocês dois nunca..."

Os olhos da Lilly se apertaram.

"Bela tentativa, PDG", disse. "Estou chateada, mas não acabada. Ainda temos uma eleição presidencial para planejar, sabe?"

Larguei a cabeça no tampo da carteira.

"Lilly", eu disse. "Não vou conseguir. Não vou mesmo. Você não está vendo que eu estou destruída?"

"Bom, eu também estou destruída", a Lilly disse, na defensiva. "Mas ainda estou OPERANTE. As mulheres precisam dos homens como os peixes precisam de bicicletas."

Eu realmente detesto esse ditado. Aposto que os peixes totalmente iam querer ter bicicletas se tivessem pernas.

Então, com uma voz mais gentil, a Lilly completou:

"Olha, PDG, sobre você e o meu irmão, sinto muito."

"Obrigada", eu respondi. E todas as lágrimas que eu achei que tinha conseguido segurar no refeitório voltaram com tudo.

"Mas eu não entendo", a Lilly disse.

"Claro que não entende", eu disse, cheia de tristeza, para o tampo da carteira. "Você é irmã dele. Está do lado dele."

"Posso ser irmã dele", a Lilly respondeu. "Mas também sou a sua melhor amiga. E simplesmente me parece um desperdício idiota. Eu sei que você está brava com ele, mas falando sério... o que ele fez de tão errado assim? Ele transou com a Judith Gershner. Grande coisa. Até parece que ele fez isso ENQUANTO vocês estavam juntos."

"Isso É um problema", insisti. "É só que... eu nunca pensei que o Michael, ninguém menos, fosse fazer algo assim. Ir para a cama com alguém que ele nem amava. E depois MENTIR para mim a respeito disso. E eu SEI que você acha que sou só eu forçando as minhas crenças para cima dele. Mas eu sempre acreditei que ele e eu compartilhávamos as mesmas crenças. E agora eu descubro que ele é mais... bom, que ele e mais parecido com o *Josh Richter* do que comigo!"

"O Josh Richter?" A Lilly revirou os olhos. "Ah, faça-me o favor. Como é que o meu irmão pode ser DE LONGE parecido com o Josh Richter?"

"Porque ir para a cama com uma menina que ele nem ama... isso é coisa que o Josh Richter faz."

"Só é uma coisa que o Josh Richter faz se a menina fosse apaixonada por ele e ele a tivesse usado e ela ficasse magoada."

Ergui a cabeça para olhar para ela.

"Você está falando como aconteceu com você e o J.P.?", perguntei, tentando parecer o mais preocupada possível.

Mas a Lilly só ficou olhando para mim com raiva.

"Bela tentativa, Mia", ela disse. "Mas eu não vou cair nessa."

Droga.

"Mia", a Lilly disse. "Você não pode ficar toda acabada só porque o Michael ficou com outras meninas antes de você. Isso e a maior IDIOTICE."

Agora *eu* apertei os olhos para *ela*.

"Como assim, MENINAS?"

"Bom, tipo a menina do curso de hebraico..."

"QUE MENINA DO CURSO DE HEBRAICO?", gritei tão alto que o Boris chegou a colocar a cabeça para fora do armário de materiais para ver o que estava acontecendo.

"Relaxa", a Lilly disse, enjoada. "Eles só ficaram. E ele estava, tipo, na nona série ou algo assim."

"Ela era bonita?", eu quis saber. "Quem era? O que eles fizeram?"

"Você", a Lilly disse, "está precisando fazer terapia. Será que agora a gente pode falar sobre alguma coisa que não sejam as nossas desgraças amorosas um pouco? Porque precisamos trabalhar no seu discurso."

Fiquei olhando para ela sem entender nada.

"O meu o quê?"

"O seu discurso. Você acha que só porque nós desmanchamos com os nossos namorados não vamos mais ser capazes de aprimorar nosso ambiente acadêmico, levando nossos colegas a um amanhã melhor?"

"Não", respondi. "Mas..."

"Que bom. Porque você sabe que vai ter de fazer o seu discurso para presidente do conselho estudantil no auditório hoje, certo?"

Engoli em seco. Bem forte.

"Lilly", eu disse. "Isso não vai ser possível."

"Você não tem escolha, PDG", a Lilly respondeu. "Eu dei uma folga para você nesta semana por causa da coisa toda do Michael. Mas essa parte eu não posso fazer para você. Você vai ter de chegar lá e falar. Achei que não tinha preparado nada, então tomei a liberdade de escrever o discurso." Empurrou um pedaço de papel na minha direção — todo coberto com a menor letra da Lilly. "No geral, são as respostas às perguntas colocadas nas mesas do refeitório. Sabe como é, o que fazer se um furacão de categoria cinco se abater sobre Nova York, ou se houver um ataque de bomba atômica. Nada de novo. Pelo menos, não para você. Acho que vai ser sopa."

"Se eu fizer isso", perguntei, meio atordoada — quem sabe eu estava sofrendo os efeitos do *bacon*? —, "você vai me contar, certo? Se você e o J.P. Fizeram Aquilo durante o verão?"

"Esta é a sua única motivação para concorrer?", a Lilly quis saber.

"É", respondi.

"Meu Deus, que coisa mais ridícula. Mas, sim, vou contar. Sua fracassada."

Não me ofendi com isso, porque ela tem razão. Eu SOU uma fracassada. E ela nem sabe quanto.

Além do mais, eu sei que, por baixo da bravata da Lilly, ela está obviamente sofrendo por dentro. Como não poderia estar? Ela adorava o J.P. de um jeito que eu nunca a vi ficar por outro cara.

Falando sério, como é que o J.P. foi capaz de fazer isso com ela? Achei que ele era um cara legal. Achei mesmo.

Mas, agora, sinceramente, não sei como vou conseguir ser amiga dele. Muito menos companheira de laboratório.

Sexta-feira, 10 de setembro, Química

O J.P. está se comportando como se nada tivesse acontecido! Como se não soubesse que eu sei sobre ele e a Lilly! Ele perguntou:

"Como você está, Mia?", quando se sentou ao meu lado, com cara de todo preocupado por causa de mim. De mim! Sendo que *ele* acabou de pisotear o coração da minha melhor amiga!

Fiquei tão chocada que só respondi:

"Ótima", completamente me esquecendo da decisão que eu tinha tomado no corredor, a caminho da classe: que eu nunca mais vou falar com o J.P.

E, tudo bem, a culpa não é necessariamente dele por não amar a Lilly. Mas ele podia ter dito a ela antes — tipo, lá em maio, quando ela disse para ele pela primeira vez que o amava —, em vez de ficar enrolando todo esse tempo.

Ah... o Kenny está me passando um bilhete.

Mia... sinto muito por saber que você e o Michael terminaram. Se tem alguma coisa que eu possa fazer para você se sentir melhor. Por favor, diga.
— Kenny ☺

O Kenny é um amor. Não acredito que ele não tem namorada. Ei, quem sabe a Lilly...

Bom, tudo bem. Provavelmente, não. Ele realmente não é o tipo dela, tendo em vista que pesa menos do que ela.

Obrigada, Kenny. Você me ajudar a entender todo esse negócio de química é a única coisa em que posso pensar neste momento. Vou ficar mesmo muito agradecida com a sua ajuda.

Sem problema, Mia! Estou sempre aqui para ajudar você. Talvez, se você não for fazer nada hoje à noite, pode ir à minha casa, e eu posso ajudar você a entender o número de Avogadro. Porque eu reparei que você pareceu meio confusa com isso. Além do mais, a minha mãe acabou de passar no açougue, então vai ter um monte de bacon, e eu ouvi dizer que agora você come isso.

Ha! Está vendo? Ele é um cara muito legal. Ele TOTALMENTE precisa de uma namorada. Quem sabe ele e a Perin podem se dar bem???

Ah, muito obrigada, Kenny, é muita gentileza sua, mas hoje à noite eu não posso. Realmente, ainda não estou a fim de entender o número de ninguém.

Bom, o convite está aberto para quando você quiser! Realmente, você não precisa se intimidar com a química. É fácil... só precisa prestar atenção.

Que bom saber! Obrigada de novo.

Surpreendente.

Ai, meu Deus. O J.P. acabou de me passar um bilhete! Como é que ele PÔDE fazer isso? Quer dizer, ele tem de saber que eu estou aborrecida com ele neste momento. Ele sabe que a Lilly faz Superdotados & Talentosos comigo depois do almoço. Ele tem de saber que ela me contou o que ele fez. Como é que ele tem coragem de me passar um bilhete? Como é que ele tem CORAGEM?

Bom, eu não vou responder. Não vou. Vou ficar com os olhos grudados na lousa. Química é importante, sabe como é. Até as princesas precisam saber isso. Por algum motivo.

Mesmo assim... do que ele está falando? O que é tão surpreendente?

O que é surpreendente?

Não acredito que eu fiz isso! Não acredito que eu respondi! Qual é o meu PROBLEMA?

Que você só está solteira há, o quê? Menos de 24 horas? E os lobos já estão à caça.

!!!!O QUÊ???? Do que ele está falando? Ah, espera, o KENNY? O J.P. é louco?

O Kenny não é lobo nenhum. Só está querendo ser legal.

Pode ficar repetindo isso para si mesma, se assim você se sente melhor. Mas como é que você está, DE VERDADE?

Ha! Bom, foi ele quem pediu.

Como é que eu estou? Vou dizer como eu estou. Estava bem melhor antes de você terminar com a minha melhor amiga!!!!

Vamos ver como ele responde a ISSO.

Ah. Ela contou para você.

Claro que contou!!!! O que você acha???? A Lilly e eu contamos tudo uma para a outra. Bom, QUASE tudo. J.P., como você pôde fazer isso com ela?

Sinto muito. Eu não queria fazer. Eu gosto da Lilly, de verdade. Só que não é do mesmo jeito que ela gosta de mim.

Ela não GOSTAVA simplesmente de você, ela AMAVA você. Ela disse isso em maio. Se você sabia que não a amava, por que não falou na época? Por que ficou enrolando tanto tempo?

Sinceramente, não sei. Acho que eu estava torcendo para os meus sentimentos mudarem. Mas nunca mudaram. E hoje, quando eu vi a maneira como ela tratou você... bom, percebi que nunca iam mudar.

Viu como ela me tratou? Do que você está FALANDO?

Ela foi supermaldosa com você no almoço. Sobre o que aconteceu com você e o Michael.

O quê???? A Lilly não foi maldosa comigo!!!

Mia, ela comparou o fato de você ter terminado com o Michael por ter mentido com os juízes fundamentalistas do Irã que determinam que mulheres adúlteras sejam apedrejadas até morrer.

Ah, ISSO. Mas é só o jeito de a Lilly ser... a LILLY. Quer dizer, ela é assim.

Bom, e é alguém com quem eu não quero estar. Isso mostra uma enorme ausência de compaixão que eu, sinceramente, considero imperdoável.

Espera... Então, você está dizendo que terminou com a Lilly por causa de MIM?

Bom... em parte. Estou sim.

Ah, que maravilha. Isso é mesmo uma MARAVILHA. Como se as coisas já não estivessem bem ruins. Agora eu também vou ter de carregar a culpa pela Lilly estar de coração partido?

J.P., esse é simplesmente o JEITO da Lilly. Eu estou ACOSTUMA-DA com isso. Não me incomoda.

Mas DEVERIA incomodar. Você merece ser tratada de uma maneira melhor. Acho que muita gente trata você mal com frequência. Você ignora, dizendo que "é só o jeito da pessoa". Mas isso não faz com que o comportamento dela seja correto, Mia. É por isso que eu acho que você ter tomado uma posição contra o que o Michael fez com você é um verdadeiro passo adiante na sua vida.

Do que é que ele está FALANDO?

Eu não deixo as pessoas me tratarem mal! Eu totalmente quebrei o celular da Lana uma vez... bom, você não estava presente. Mas eu quebrei.

Não estou dizendo que você NUNCA se defende. Só estou dizendo que parece que muita gente se aproveita de você. Você está sempre pensando o melhor das pessoas — como o Kenny, com a tentativa explícita dele de botar as garras em cima de você, sendo que está solteira há menos de 24 horas.

!

Eu já disse que o Kenny só me considera amiga dele!

Certo. Pode ficar repetindo isso para si mesma. Mas fico feliz de você finalmente ter tomado uma atitude em relação ao Michael.

Eu gosto do Michael, mas foi errado da parte dele mentir para você a respeito do histórico sexual dele. Acho que a sinceridade é o ingrediente principal em um relacionamento. E se o Michael não pôde ser sincero com você em relação a uma coisa tão básica quanto as meninas com quem saiu antes de você, qual era a chance real de vocês ficarem juntos em longo prazo?

Uau! FINALMENTE alguém que entende! Talvez o J.P. não seja assim tão mau, no fim das contas. Quer dizer, é verdade que ele deu um pé na bunda da Lilly — e na ESCOLA, ainda por cima.
Mas parece que ele sabe bem quais são as suas prioridades.

Só espero que você e eu possamos continuar a ser amigos. Eu não quero que você fique pensando mal de mim porque eu terminei com a Lilly. Eu detestaria que isso afetasse a NOSSA amizade. Porque eu considero você uma amiga próxima, Mia... uma das melhores que eu já tive.

Ai, meu Deus! Que amor!

Obrigada, J.P.! Para mim, você é a mesma coisa. Nem posso dizer quanto significa você estar do meu lado nisso tudo, e não no do Michael. Acho que muitos meninos FICARIAM do lado dele. Simplesmente parece que eles não entendem que a sua virgindade é a coisa mais preciosa que você tem para dar para o seu único e verdadeiro amor. Se você desperdiça com alguém que não é importante, daí não tem nada para dar para a pessoa que REALMENTE considera importante quando a hora chega.

Exatamente. E foi por isso que eu guardei a minha.

!!!! O J.P. é virgem!!!!!

Uau. Ele e eu temos MESMO muita coisa em comum.
Além do mais... isso significa que a Tina está errada: ele e a Lilly nunca Fizeram Aquilo!!!!!!!!!!
Mas não vou contar à Lilly que eu sei a verdade. Ela já teve decepções suficientes para um dia. Vou deixar ela se divertir mais um pouco, achando que está me enrolando. É o mínimo que eu posso fazer, levando em conta que é MINHA culpa por ela e o J.P. terem terminado.
Só espero que ela nunca perceba.

Sexta-feira, 10 de setembro, Pré-Cálculo

Ai, meu Deus, ai meu Deus, ai meu Deus. O que aconteceu agora há pouco realmente aconteceu ou eu só imaginei?

Não PODE ter acontecido, porque é esquisito demais para realmente ter acontecido.

Só que... só que eu acho que aconteceu de verdade!

Vou vomitar. Vou mesmo. *Por que* eu fui comer aquele *cheeseburguer* com bacon no almoço?

Os meus dedos tremem tanto que eu mal consigo escrever... mas eu preciso registrar de algum modo... certo, lá vai:

Agora eu sei o que o Michael quis dizer quando disse que *ia dar uma passada para tentar explicar*. Ele estava dizendo que ia vir à ALBERT EINSTEIN HIGH SCHOOL.

E chegou à porta da aula de química do sétimo tempo bem quando eu estava saindo com o J.P. Só que, no começo, eu não reparei que ele estava lá. O Michael, quer dizer.

Pelo menos, não até o J.P. — que, tenho certeza, também não tinha reparado no Michael — dizer:

"Amigos", para mim, eu respondi: "Claro que sim!", e daí, ele disse: "Um abraço?"

E eu fiquei, tipo:

"Por que não?" E dei um abraço nele.

E fiquei tão... sei lá. EMOCIONADA pela maneira como o J.P. estava triste, por ter terminado com a Lilly e tudo o mais... que, antes que eu me desse conta, estava BEIJANDO o J.P.

A minha intenção era só dar um beijo na bochecha dele. Mas ele mexeu a cabeça. E eu acabei dando um beijo na boca dele.

Não foi um beijo de língua, nem nada. E foi só um segundo.

Mesmo assim. Eu o beijei. Na boca.

Não teria sido nada de mais — tenho certeza de que não —, se não fosse pelo fato de que, quando eu tirei os braços do pescoço dele e me virei — toda envergonhada, porque eu NÃO TINHA a intenção de beijá-lo. Ou, pelo menos, não exatamente — o Michael estava ali.

Simplesmente parado, no meio do corredor cheio de gente, com cara de atordoado.

Tantas coisas passaram pela minha cabeça quando eu me virei e vi o Michael lá parado, olhando para mim. Felicidade, primeiro, porque sempre fico feliz de ver o Michael. Depois, dor, quando me lembrei do que ele fez comigo, e como agora estamos separados. Depois, surpresa, por não saber que diabos ele estava fazendo em uma escola da qual já tinha se formado.

Daí percebi que ele estava lá para *tentar explicar*, como dizia na mensagem de texto dele.

E daí eu vi a expressão dele, e vi o olhar dele ir e voltar do meu rosto para o rosto do J.P. — coitado do J.P. que estava lá parado, imóvel como uma estátua, com a mão que tinha colocado na minha cintura quando eu fiquei na ponta dos pés para dar um beijo nele ainda suspensa, como se tivesse se esquecido de como se mexer, ou algo assim!

E eu percebi EXATAMENTE o que ele estava pensando.

Daí, só me senti confusa. Porque o Michael só podia pensar... bom, que estava rolando alguma coisa entre mim e o J.P.

Mas não era verdade, é claro.

"Michael", eu disse.

Mas já era tarde demais. Porque ele já estava *dando meia-volta e indo embora*.

Indo embora, como se de repente tivesse percebido que cometeu um erro enorme, gigantesco, de ter se dado o trabalho de vir falar comigo!

Não dava para acreditar! Parece que eu nem era tão importante a ponto de ele ficar lá para brigar comigo! Ele nem ficou para dar um soco na cara do J.P. por ter se aproveitado da garota dele!

Acho que é porque eu não sou mais a garota dele.

Além do mais, acho que eu não devia ter ficado tão surpresa. Quer dizer, quando o Michael me viu fazendo aquela dança sensual com o J.P. na festa que ele deu no ano passado, ele nem falou nada.

Mas também não tinha me ignorado completamente depois, como está fazendo agora.

Ai, meu Deus, nem posso pensar nisso. Achei que escrever a respeito do assunto ia me ajudar, mas não ajudou. Meus dedos CONTINUAM tremendo enquanto eu escrevo. O que está acontecendo comigo? O meu estômago realmente está virado. Não pode ser o *cheeseburguer*; já faz horas... além do mais, a enfermeira me deu aqueles antiácidos...

POR QUE ele não DISSE NADA? EU ESTAVA BEIJANDO OUTRO HOMEM. É de se pensar que ele pelo menos diria ALGUMA COISA, mesmo que só fosse:

"Tchau, para sempre."

Tchau para sempre. Ai, meu Deus. Ele vai viajar hoje à noite. Para sempre.

E ele estava tão BONITO ali parado, tão alto e forte, com o pescoço recém-barbeado. (Acho. Não tive exatamente oportunidade para ir até lá conferir. Ou dar uma cheirada. Ai meu Deus! Como eu sinto saudade do cheiro do pescoço do Michael! Se eu desse uma cheiradinha agora, aposto que eu ia parar de tremer, e o meu estômago iria parar de se revirar.)

Ele parecia tão chocado... tão magoado...

Ai, meu Deus, acho que vou mesmo vomitar...

Sexta-feira, 10 de setembro, na limusine, a caminho do Four Seasons

Vomitei na enfermaria. O Lars conseguiu me levar até lá bem a tempo.

Não sei o que deu em mim. Só estava lá sentada na aula de pré-cálculo, escrevendo o meu diário, e de repente, eu me lembrei da expressão chocada do Michael quando me virei, depois de dar um beijo no J.P., e comecei a me sentir toda suada, e o Lars, que estava sentado do meu lado, falou:

"Princesa? Tudo bem?", todo assustado, e eu respondi:

"Não", e, antes que eu me desse conta, o Lars já tinha me pegado pelo braço e tínhamos saído pela porta na direção da enfermaria, onde eu vomitei o que parecia ser o *cheeseburguer* com bacon inteiro que eu tinha engolido na hora do almoço.

A enfermeira Lloyd verificou a minha temperatura e disse que estava normal, mas que tinha um rotavírus por aí, e eu provavelmente tinha pego. Ela disse que eu não podia ficar na escola, se não iria infectar todo mundo.

Ela ligou para o *loft*, mas não tinha ninguém lá. Eu podia ter dito isso a ela. Neste semestre, o sr. G só trabalha meio período às sextas, então tinha ido para casa mais cedo. Ele e a minha mãe provavelmente tinham ido para Nova Jersey assistir a qualquer coisa que estivesse passando na matinê de cinco dólares, e depois passariam no Sam's Club para fazer um estoque de fralda para o Rocky, que era a tradição dos dias de trabalho de meio período deles.

Então o Lars resolveu me levar para o hotel da Grandmère, já que achou que eu não devia ficar sozinha no *loft* no meu estado atual.

Parece que estar doente e ficar na companhia da Grandmère é preferível a ficar doente no conforto da minha própria cama. Não consigo enxergar a lógica disso, mas estava fraca demais para reclamar.

Não tive coragem de dizer à enfermeira Lloyd que o meu problema não é vírus nenhum. O meu problema é a síndrome de "comer carne demais depois de uma vida inteira de abstinência porque o meu namorado deu o dom precioso dele a outra pessoa e vai se mudar para o Japão hoje à noite".

Mas, assim como acontece com o rotavírus, não existe remédio que possa ser tomado para fazer passar.

Principalmente quando o problema se faz acompanhar por um "acabei de beijar o ex-namorado da minha melhor amiga e o *meu* ex-namorado me viu fazendo isso".

A parte mais triste de tudo é que a primeira pessoa para quem eu quis ligar quando percebi que estava sendo enxotada da escola por estar doente foi... o Michael. Porque, só de falar com o Michael, eu sempre me senti melhor.

Mas não posso ligar para ele. Nunca mais vou poder ligar para ele. Porque o que eu vou DIZER para ele depois do que aconteceu?

Realmente é muito bom o fato de esta limusine ter seus próprios saquinhos de vômito.

Sexta-feira, 10 de setembro, 15h no Four Seasons

Grandmère é a pior pessoa de se estar por perto quando você não está se sentindo bem. Por ser uma Cylon, ela, obviamente, nunca fica doente — ou, pelo menos, nunca se lembra de como era quando ela DE FATO ficava doente — e não tem a menor compaixão por pessoas que não estejam se sentindo bem.

Pior ainda, ela ficou animada DEMAIS ao saber que o Michael e eu tínhamos terminado.

"Eu sempre soube que Aquele Garoto causaria problemas", ela disse, toda alegrinha, quando eu expliquei por que apareci na suíte dela no meio da tarde, supostamente acometida de uma doença altamente contagiosa. "Não estou doente, Grandmère", eu disse. "Só estou triste."

Porque o problema é que eu não parei de amar o Michael. Então, em vez de concordar com ela que ele causava problemas, eu só fiquei, tipo:

"Você não sabe do que está falando", fui me sentar no sofá dela e puxei o Rommel para o meu colo, para me reconfortar.

É. Esse era o meu estado. Eu estava recorrendo ao ROMMEL, um *poodle toy*, em busca de conforto.

"Ah, não tem nada de ERRADO inerente ao Michael", Grandmère prosseguiu. "Só que ele é um plebeu. Bom, conte. O que ele fez?

Deve ter sido alguma coisa bem horrível, para você ter tirado Aquele Colar."

A minha mão foi até o espaço vazio na minha garganta. Meu colar! Eu nem tinha percebido como estava sentindo falta dele — como era estranho não estar usando — até aquele momento. O colar do Michael tinha sido uma espécie de ponto de discordância entre Grandmère e eu. Ela sempre queria que eu usasse as joias reais genovianas para os bailes e as funções a que eu comparecia, mas eu nunca tirava o colar do Michael, e digamos apenas que Grandmère não era exatamente partidária do visual de colares sobrepostos.

Bom, acho que um floco de neve de prata em uma corrente não vai exatamente muito bem com uma gargantilha de diamantes e safiras.

Achei que não ia adiantar nada esconder a verdade de Grandmère, já que ela daria mesmo um jeito de arrancar tudo. Então eu disse:

"Ele foi para a cama com a Judith Gershner."

Grandmère parecia felicíssima. Bom, é A CARA DELA.

"Ele traiu você! Bom, não faz mal. Há muitos peixes no mar. Que tal aquele garoto simpático que participou da minha peça, o rapaz Reynolds-Abernathy? Ele seria um consorte adorável para você. Que rapazinho mais simpático. Tão alto e loiro e bonito!"

Simplesmente ignorei o comentário. O que eu poderia ter respondido? Às vezes, fico me perguntando se todo mundo nesta família é lunático.

Na verdade, eu SEI que é.

Em vez disso, eu disse:

"O Michael não me traiu. Ele foi para a cama com a Judith Gershner antes de a gente começar a namorar."

"Ela é aquela menina com cara de mosca-varejeira?", Grandmère quis saber. "Dá para ver por que você se aborreceu com isso. Que tênis pretos horrorosos!"

"Grandmère." Falando sério. Qual é o PROBLEMA dela? "Não tem a ver com o VISUAL dela. É que o Michael MENTIU para mim sobre isso. Eu perguntei para ele se estavam saindo, e ele disse que não. Além do mais, ele nem AMAVA a Judith. Que tipo de pessoa dá o seu dom precioso para uma pessoa que não AMA?"

Grandmère só ficou lá olhando para mim. Parecia confusa.

"O precioso o quê dele?"

"DOM." Caramba, como ela consegue ser tapada. "O DOM PRECIOSO DELE. A gente só tem UM. E ele deu o dele para a JUDITH GERSHNER, uma menina de quem nem GOSTAVA. Ele devia ter esperado. Devia ter dado para MIM."

Não mencionei a parte sobre como ele tinha acabado de me pegar beijando outro menino. Porque realmente não parecia ser pertinente ao assunto em questão.

Grandmère só pareceu ainda mais confusa.

"Este dom era alguma espécie de dote? Porque as regras de etiqueta estabelecem que quando um rapaz lhe dá seu dote, você só pode ficar com ele durante o tempo em que a relação durar, e deve ser devolvido mediante a dissolução do noivado."

"O dom precioso dele não é um ANEL, Grandmère", eu disse, batalhando para ter paciência. "O dom precioso dele é a VIRGINDADE."

Grandmère ficou só olhando para mim, atordoada.

"A *virgindade* dele: virgindade não é DOM. Não dá nem para USAR!"

"Grandmère", eu disse. Não dá para acreditar que ela é tão antiquada. Bom, não é de surpreender que ela não faça ideia do que eu estou falando. Eu estava ouvindo "Dance, Dance" no meu iPod outro dia, e ela escutou e disse que era "animado", e perguntou quem cantava e, quando eu respondi Fall Out Boy, ela me acusou de estar mentindo e disse que ninguém colocaria um nome assim tão idiota em uma banda. Eu tentei explicar a ela que o nome vinha do Bart do desenho animado *Os Simpsons*, e ela só ficou, tipo: "BART QUEM? Você está falando da WALLIS SIMPSON? Ela não tinha nenhum parente chamado Bart. Que eu saiba."

Está vendo? Ela não tem jeito.

"A sua virgindade é um dom precioso que você só deve dar à pessoa que ama", expliquei lentamente, para que ela entendesse. "Só que o Michael deu o dele para a Judith Gershner, uma menina que ele não amava e com quem, na verdade, diz que só estava 'se divertindo'. Então, agora ele não tem dom para dar para mim, a menina que ele diz amar, porque DESPERDIÇOU o dom dele com uma pessoa para quem não estava nem aí."

Grandmère sacudiu a cabeça.

"Aquela senhorita Gershner lhe fez um FAVOR, mocinha. Você devia estar beijando os pés dela. Nenhuma mulher deseja um amante inexperiente. Bom, tirando, aparentemente, todas as professorinhas loiras que eu vivo vendo no noticiário, que vão para a cama com os alunos de 14 anos. Mas, devo dizer, todas elas me parecem ter desequilíbrio mental. Mas que diabos elas CONVERSAM com esses garotinhos? Porque certamente não é por isso que as calças deles caem. Diga, Amelia, por que isso é considerado tão interessante? O que há de tão interessante em um rapazinho cujas calças ficam na altura dos joelhos?"

Eu não consegui encontrar nenhuma resposta para isso. Por que, afinal, o que se pode DIZER a isso?

"De todo modo", Grandmère prosseguiu, sem nem notar que eu não tinha dito nada. "Aquele Garoto não vai se mudar para o Japão, de todo modo?"

"Vai", eu respondi. E, como sempre, meu coração se contorceu à menção da palavra *Japão*. O que só serve para provar que:

a) Eu ainda tenho coração e
b) Eu ainda amo o Michael, apesar de todos os meus esforços para não amá-lo. Quer dizer, como é que podia não amá-lo?

"Bom, então, qual é o problema?", Grandmère perguntou, toda alegre. "Você provavelmente nunca mais vai vê-lo."

Foi aí que eu me desmanchei em lágrimas.

Grandmère ficou bastante assustada com esse desfecho. Quer dizer, eu simplesmente fiquei lá sentada, gemendo. Até o Rommel colocou as orelhas para trás e começou a ganir. Não sei o que teria acontecido se o meu pai não tivesse chegado bem naquele momento.

"Mia!", ele disse quando me viu. "O que você está fazendo aqui tão cedo? E qual é o problema? Por que diabos você está chorando?"

Mas eu só sacudi a cabeça. Porque não conseguia parar de chorar.

"Ela terminou com Aquele Garoto", Grandmère teve de gritar, para poder ser ouvida por cima dos meus soluços. "Não sei por que ela está deste jeito. Eu já disse que é melhor assim. Ela vai ficar muito melhor com aquele garoto Abernathy-Reynolds. Que rapaz tão alto, loiro e bonito! E o pai dele é tão rico!"

Isso só me fez chorar mais, por me lembrar de como eu tinha beijado o J.P. no corredor, bem na frente do Michael. Claro que essa não era a minha intenção — mas que diferença fazia? O estrago estava feito. O Michael nunca mais iria falar comigo. Eu simplesmente sabia disso.

O fato de eu estar tão desesperada, querendo que ele falasse, apesar de tudo o que tinha acontecido entre nós, era o que me fazia chorar mais ainda.

"Acho que eu sei do que ela precisa", Grandmère prosseguiu, já que eu não parava de gemer.

"Da mãe dela?", meu pai perguntou, esperançoso.

Grandmère sacudiu a cabeça.

"De uísque. Funciona toda vez."

Meu pai franziu a testa.

"Acho que não. Mas pode pedir para a sua camareira trazer um chá quente. Talvez ajude."

Grandmère não parecia muito esperançosa, mas foi chamar a Jeanne para que ela pedisse um chá, enquanto o meu pai ficou lá parado, olhando para mim. O meu pai na verdade não está acostumado a me ver chorando deste jeito. Quer dizer, eu já chorei na frente dele um montão de vezes — a última vez foi durante o verão, quando estávamos em uma função de Estado em um palácio e eu bati a cabeça em uma viga baixa de um teto de tiara, e os pentes se enfiaram no meu couro cabeludo como se fossem facas.

Mas ele não está acostumado a me ver ter ataques emotivos dramáticos, porque, durante a maior parte dos últimos anos, com algumas poucas exceções notáveis, as coisas têm andado bem boas, e eu tenho conseguido me comportar bem.

Até agora.

Eu não parava de chorar, e de pegar lenços de papel da caixinha na ponta da mesa ao lado do sofá. Entre gemidos, a coisa meio que foi saindo, sobre o dom precioso e a Judith Gershner e o colar de floco de neve e como o Michael tinha ido até a escola falar comigo e, em vez disso, me viu beijando o J.P.

Preciso admitir: meu pai ficou bem transtornado. Eu não costumo realmente falar, sabe como é, sobre sexo com o meu pai, porque, hm, eca.

E dava para ver que a história do dom precioso o estava deixando apavorado, porque ele se afundou na ponta do sofá, como se tivesse perdido a capacidade de ficar em pé. E só ficou lá sentado, ouvindo o que eu tinha a dizer, até que eu finalmente me acalmei um pouco e não consegui mais falar e só fiquei lá sentada, assoando o nariz, chorando um pouco menos.

Só quando eu limpei a maior parte do catarro do meu rosto é que o meu pai conseguiu pensar em algo a dizer. E, quando falou, NÃO foi o que eu esperava.

"Mia", meu pai disse, em tom soturno. "Acho que você está cometendo um erro."

Não dava para acreditar! Basicamente, eu tinha acabado de contar para ele que o Michael é um galinha! Seria de se pensar que qualquer pai iria querer que eu ficasse longe de um galinha! Como ASSIM, um erro?

"O amor romântico de verdade não acontece assim com tanta frequência", ele prosseguiu. "Quando acontece, é tolice jogar fora por causa de alguma coisa boba que o objeto da sua afeição fez antes mesmo de vocês começarem a namorar."

Só fiquei olhando para ele. Acho que não foi minha imaginação: ele estava mesmo parecido com o rei dos elfos de *O Senhor dos Anéis*.

Se o rei dos elfos fosse totalmente careca, quer dizer.

"É uma tolice ainda maior você deixar alguém por quem tem sentimentos tão fortes simplesmente ir embora — pelo menos, deixar que vá sem lutar. Isso foi algo que eu fiz uma vez", meu pai prosseguiu depois de limpar a garganta. "E eu sempre me arrependi, porque a verdade é que nunca mais encontrei ninguém por quem eu me sentisse assim. Não quero ver você cometendo o mesmo erro, Mia. Então pense, mas *pense* de verdade, sobre o que você está fazendo. Eu gostaria de ter pensado."

Então ele se levantou para ir à reunião na ONU dele.

Eu só fiquei lá sentada, totalmente abobada. Será que aquele discurso devia ter me AJUDADO? Porque não ajudou mesmo.

O meu pai devia ter simplesmente pedido ao Lars para atirar em mim. Essa seria a única maneira para esta tristeza acabar.

Sexta-feira, 10 de setembro, no Four Seasons

O chá chegou. Grandmère me obrigou a servir. Está falando a respeito de alguma discussão que teve com a Elizabeth Taylor sobre terninhos serem ou não vestimentas adequadas para uma mulher comparecer ao chá da tarde. A Elizabeth Taylor acha que sim. Grandmère acha que não (ah, mas que surpresa).

Alguma coisa está me incomodando. Quer dizer, alguma coisa além do fato de eu e o meu namorado termos terminado porque ele foi para a cama com a Judith Gershner, e que há mais ou menos uma hora ele me pegou agarrando (bom, mais ou menos) o ex-namorado da minha melhor amiga.

Não consigo parar de pensar no discursinho do meu pai. Sabe qual, aquele sobre como uma vez ele deixou uma pessoa de que gostava muito ir embora sem lutar. Ele simplesmente parecia tão... triste.

E o meu pai realmente não é o tipo de cara que fica triste. Quer dizer, por acaso VOCÊ ficaria triste se fosse príncipe e tivesse o número do celular particular da Gisele Bündchen?

E foi por isso que eu interrompi a tirada de Grandmère a respeito dos terninhos para perguntar se ela sabia do que o meu pai estava falando

"Alguém de quem ele gostava muito e deixou ir embora sem lutar?" Grandmère parecia pensativa. "Hmmm. Pode ter sido aquela dona de casa desesperada..."

"Grandmère", eu disse. "Aquela coisa na *US Weekly* sobre o papai saindo com a Eva Longoria foi só um boato."

"Ah. Bom, então não faço ideia. A única mulher que eu já vi ele mencionar mais de uma vez foi a sua mãe. E isso, obviamente, porque ela é sua mãe. Se não fosse você, é claro que ele nunca mais teria falado com ela, depois que ela recusou o pedido de casamento dele. O que, é claro, foi o erro mais idiota que ELA já cometeu. Dizer não para um príncipe? *Pfuit!* Claro que, no fim, foi bom. A sua mãe nunca teria se encaixado no palácio. Passe o adoçante, por favor, Amelia."

Meu Deus. Que coisa esquisita. Quem pode ter sido, então? Quer dizer. De quem o meu pai deve ter gostado bastante e deixado ir embora? Quem...

Sexta-feira, 10 de setembro, na escadaria na frente do Four Seasons

Não dá para acreditar. Em como eu fui idiota, quer dizer.

Meu pai tentou me dizer. Bom, TODO MUNDO tentou me dizer. Mas eu simplesmente fui a maior IDIOTA...

Mas eu posso consertar isso. Eu SEI que posso. Só preciso falar com ele antes que embarque, e vou dizer...

Bom, eu não sei o que eu vou dizer, mas vou descobrir quando o vir. Se eu puder cheirar o pescoço dele mais uma vez, eu sei — EU SEI — que tudo vai ficar bem.

E que eu vou saber o que dizer a ele quando o vir.

SE eu conseguir falar com ele antes do embarque. Porque estamos no meio da tarde e o meu pai está com a limusine na ONU, e isso significa que o Lars e eu vamos ter de pegar um táxi, só que não conseguimos achar um, porque parece que todos eles desapareceram, o que SEMPRE acontece quando realmente se precisa de um, e é por isso que seriados como *Sex and the City* são tão falsos, porque aquelas mulheres SEMPRE conseguem um táxi, e a verdade é que há muito mais pessoas precisando de táxis do que táxis e

O QUE EU VOU DIZER PARA ELE????

Meu Deus, não dá para acreditar em como eu fui idiota. Como fui estúpida e cega e burra e ignorante e apressada no meu julgamento e QUE DIFERENÇA FAZ???? Falando sério, que DIFERENÇA tudo isso faz se eu o amo, e nunca vou amar nenhuma outra pessoa, e até parece que ele me traiu e POR QUE NÃO TEM NENHUM TÁXI????

Saí correndo da suíte de Grandmère sem nem mesmo dar um tchau. Simplesmente gritei "estamos de saída!" para o Lars e disparei porta afora. Ele saiu correndo atrás de mim, com a expressão confusa. Só quando entramos correndo no *lobby* que eu consegui falar com a Lilly no celular, e fiquei, tipo:

"QUAL É A COMPANHIA AÉREA?"

E a Lilly ficou, tipo:

"Do que você está falando?"

"QUAL É A COMPANHIA AÉREA PELA QUAL O MICHAEL VAI VIAJAR?", berrei.

"A Continental", ela responde, parecendo confusa. "Espera: Mia, onde você está? A gente tem convocação no auditório... você tem de fazer o seu discurso! O seu discurso para presidente do governo estudantil!"

"Não posso", berrei. "Isto é mais importante. Lilly, eu preciso falar com ele..."

Eu estava chorando de novo. Mas não estava nem aí. Eu andava chorando tanto que esse já tinha se transformado no meu estado natural. O que significa que, no fim das contas, talvez eu não seja niilista. Porque niilistas não choram.

"Lilly, eu só quero dizer a ele... só quero..." Só que, é claro, eu ainda não SEI o que eu quero dizer a ele. "Por favor, só me fala o horário que o voo dele sai."

Alguma coisa na minha voz deve tê-la convencido de que eu estava falando com sinceridade.

"Seis da tarde", a Lilly disse, com um tom mais suave. "Mas ele provavelmente já saiu para o aeroporto. É preciso fazer o *check-in*, tipo, três horas antes para voos internacionais. Acho que uma pessoa que só viaja com o jato real da Genovia não deve saber disso."

Então, ele já estava no aeroporto.

Mas eu não permitiria que isso me detivesse. Desliguei e corri para fora, para dizer ao Lars que chamasse um táxi.

Daí, liguei para o meu pai no número de emergência dele.

"Mia?", ele sussurrou quando atendeu. "O que foi? Qual é o problema?"

"Não tem problema nenhum", respondi. "Foi a mamãe?"

"Não tem nada de errado? Mia, esta linha é de emergência... estou no meio da Assembleia-Geral... o comitê de desarmamento e de segurança internacional está falando neste momento. Eu sei que você está em uma situação difícil agora, com a perda do seu namorado, mas a menos que você esteja de fato se esvaindo em sangue, vou desligar."

"Pai, não desliga! Eu preciso saber", eu disse, em tom de emergência. "A pessoa que você disse que amava... a pessoa que você deixou ir embora sem lutar. Foi a mamãe?"

"Do que você está falando?"

"FOI A MAMÃE? Foi a minha mãe a pessoa que você amou e que se arrepende de ter deixado ir embora sem lutar? Foi, não foi?

Porque ela disse que nunca queria se casar, e você TINHA de se casar para fornecer um herdeiro ao trono. Você não sabia que acabaria tendo câncer e que eu seria sua única filha. E você não sabia que nunca mais ia encontrar outra pessoa que amasse tanto quanto ela. Então você deixou que ela fosse embora sem lutar, não deixou? Era ela. *Sempre* foi ELA."

Por um instante, fez-se silêncio do outro lado da linha. Daí, ele disse:

"Não conte para ela", bem baixinho.

"Não vou contar, pai", eu respondi. Por causa das minhas lágrimas, eu mal conseguia enxergar o Lars no meio-fio com o porteiro do Four Seasons, os dois agitando os braços freneticamente para táxis que passavam, todos cheios de passageiros. "Eu prometo. Só me diga mais uma coisa."

"Mia, eu realmente preciso desligar..."

"Você costumava cheirar o pescoço dela?"

"*O quê?*"

"O pescoço da mamãe. Pai, eu preciso saber... Você costumava cheirar o pescoço dela? E achava o cheiro bom demais?"

"Tinha cheiro de flores", meu pai respondeu, distante. "Como é que você sabia? Eu nunca contei isso para ninguém."

O cheiro do pescoço da minha mãe não tem nada a ver com flores. O pescoço da minha mãe cheira a Dove e terebintina. Ah, e café, porque ela toma muito.

Mas não para o meu pai. O meu pai não sente o cheiro de nada disso. Porque, para ele, a minha mãe era a Mulher Certa.

Assim como o Michael é o meu Homem Certo.

"Pai", eu disse. "Preciso desligar. Tchau."

Desliguei bem quando o Lars gritou:

"Princesa! Aqui!"

Um táxi! Finalmente! Estou salva!

Sexta-feira, 10 de setembro, no táxi a caminho do Aeroporto Internacional John F. Kennedy

Não acredito nisto. Não parece possível. Mas não há dúvidas: estamos no táxi do Ephrain Kleinschmidt.

É, o mesmo Ephrain Kleinschmidt em cujo táxi eu chorei tantas lágrimas amargas outra noite.

O Ephrain deu uma olhada em mim pelo espelho retrovisor e disse assim:

"VOCÊ!"

Então tentou me entregar lencinhos de papel de novo.

"Não quero lencinho de papel!", berrei. "JFK!!! Leva a gente para o JFK, o mais rápido possível!"

"JFK?", o Ephrain repetiu, mal-humorado. "Já estou encerrando o expediente!"

Foi aí que o Lars mostrou para ele a arma que carregava. Bom, na verdade, ele só estava pegando a carteira, para dizer que ia dar vinte dólares extras para ele se o Ephrain nos levasse até o aeroporto em menos de vinte minutos.

Mas tenho bastante certeza de que a Glock dele falou mais alto do que a nota de vinte.

O Ephrain nem hesitou. Pisou fundo. Bom, pelo menos até pararmos no primeiro sinal de trânsito.

Isso é torturante. Não vamos conseguir chegar, de jeito nenhum. Só que nós TEMOS DE chegar. Não posso deixar que o Michael se vá — não sem lutar. Não posso acabar igual ao meu pai, sem ninguém especial na minha vida, saindo com uma *top model* atrás da outra, por permitir que a pessoa que eu realmente amava fugisse por entre os meus dedos!

E, é claro, é possível que, quando eu chegar ao aeroporto, o Michael vai dizer, tipo: "Vai embora." Porque, vamos encarar: eu ferrei com tudo. Não que eu não tivesse direito de ficar magoada com o que o Michael fez.

Mas acho que eu talvez devesse ter sido um pouquinho mais compreensiva e um pouquinho menos apressada em tirar conclusões.

Todo mundo TENTOU me dizer. A minha mãe. A Tina. A Lilly. O meu pai.

Mas eu não escutei.

Por que eu não escutei?

E POR QUE eu fui beijar o J.P.???? POR QUE POR QUE POR QUÊ??????

A única coisa que eu posso fazer é tentar explicar. Que aquilo não significou nada... que o J.P. só é meu amigo. Que eu sou uma pessoa horrorosa e pavorosa, e que mereço ser castigada.

Mas o meu castigo não pode ser o Michael nunca mais falar comigo. QUALQUER coisa menos isso.

E, mesmo que o Michael fique, tipo: "Vai embora", pelo menos talvez assim eu consiga dormir hoje à noite. Porque eu vou ter tentado. Vou ter *tentado* ajeitar as coisas.

E talvez só saber que eu tentei já seja suficiente.

O Lars falou, tipo:

"Princesa, acho que nós não vamos conseguir."

Isso porque, no momento, estamos empacados atrás de uma carreta de trator na ponte.

"Não diga isso, Lars. Nós vamos conseguir. Nós TEMOS DE conseguir."

"Talvez você deva ligar para ele, para dizer que estamos a caminho. Para que ele não passe pelo controle de segurança por enquanto."

"Não posso LIGAR para ele."

"Por que não?"

"Porque ele nunca vai atender se vir que sou eu. Depois do que ele viu na frente da classe de química?"

Lars ergueu as sobrancelhas.

"Ah", respondeu. "Certo. Eu tinha esquecido isso. Mas e se ele já tiver passado pelo controle de segurança?", o Lars quis saber. "Você não vai poder entrar se não tiver uma passagem."

"Então eu compro uma passagem."

"Para o JAPÃO? Princesa, acho que não..."

"Eu não VOU para o Japão de verdade", garanti a ele. "Só vou até o portão de embarque para falar com ele."

"Você sabe que eu não posso deixá-la ir sozinha."

"Compro uma passagem para você também." Felizmente, estou com o meu American Express preto real genoviano só para emergências. Na verdade, nunca usei antes. Mas foi para ISTO que o meu pai me deu: emergências.

E essa é uma emergência, sem dúvida.

"Acho que você simplesmente devia ligar para ele", o Lars disse. "Pode ser que ele atenda. Nunca se sabe."

Olhei para o Lars, bem nos olhos.

"Você atenderia?", perguntei. "Se fosse você?"

"Hm", ele respondeu. "Provavelmente, não."

"Ei." O Ephrain Kleinschmidt ficou olhando para nós pelo espelho retrovisor. O Ephrain tinha saído de trás da carreta de trator e estava avançando pela estrada com uma boa velocidade agora. "Não vou voltar. Estamos quase lá."

"Não vou ligar para ele, Lars", eu disse. "Só se não tiver mais opção. Quer dizer, a Arwen não *ligaria* para o Aragorn."

"Quem?"

"A princesa Arwen. Ela não *ligaria* para o Aragorn. Algo assim requer um GESTO GRANDIOSO, Lars. Eu não sou nenhuma Arwen. Eu não salvei nenhum *hobbit* de perigos mortais, nem me sobrepujei a nenhum Espectro do Anel. Eu já tenho muita coisa contra mim: agi como uma idiota teimosa, beijei outro cara E não fiz nenhuma contribuição especialmente importante para a sociedade... bem diferente do que o Michael vai fazer, quando o braço cirúrgico robotizado dele revolucionar as operações cardíacas como as conhecemos. Eu só sou uma princesa."

"Mas a Arwen não era só uma princesa?", o Lars quis saber.

"Era, mas o cabelo dela não era tão ridículo quanto o meu está agora."

O Lars olhou para a minha cabeça.

"É verdade."

Eu nem consegui ficar ofendida. Porque, quando a gente está no fundo do poço, nada mais nos magoa.

"Além do mais", continuei, "a Arwen nunca tentou impedir que o Aragorn completasse a saga dele, da maneira como eu tentei fazer com que o Michael não completasse a dele. A Arwen teve papel fundamental na destruição do Um Anel. O que eu já fiz de importante?"

"Você construiu casas para os sem-teto", o Lars observou.

"É, o Michael também."

"Você mandou instalar parquímetros na Genovia."

"Grande coisa."

"Você salvou a baía da Genovia das algas assassinas."

"Ninguém se importa com isso além dos pescadores."

"Você mandou instalar latas de lixo recicláveis por toda a escola."

"E quebrei o conselho estudantil por causa disso. Encare, Lars: eu não sou nenhuma Melinda Gates; não doei milhões de dólares para ajudar a erradicar a malária, a causa da maior crise de saúde no mundo todo, fazendo com que mais de um milhão de crianças morram todo ano, só porque não dispõem de um mosquiteiro que custa três dólares. Realmente vou ter de me esforçar para ser uma pessoa especial se quiser ficar com o Michael. Quer dizer, isso se ele me aceitar de volta depois de tudo."

"Acho que o Michael gosta de você do jeito que você é", o Lars disse, segurando no apoio de braço da porta do passageiro para não escorregar e me esmagar enquanto o Ephrain Kleinschmidt dava uma guinada brusca para entrar na pista de saída.

"Ele GOSTAVA", eu disse. "Antes de eu estragar tudo por dar o pé na bunda dele. E por beijar o ex-namorado da irmã dele bem na cara dele."

"É verdade", o Lars disse.

E essa é uma das razões por que eu adoro tanto o Lars. Não é necessário se preocupar que ele vá dizer algo só para agradar. Ele sempre diz a verdade. Da maneira como ele a enxerga, pelo menos.

"Qual é a companhia aérea?", o Ephrain Kleinschmidt quis saber.

"Continental", respondi. Precisei me segurar para não ser lançada de um lado para o outro no banco de trás. "Embarque!"

O Ephrain enfiou o pé no acelerador.

Não posso mais escrever. Temo pela minha vida.

Sexta-feira, 10 de setembro, Aeroporto Internacional JFK, abrigo de limusines

Bom, o negócio realmente não funcionou do jeito que eu queria.

O que eu realmente queria que acontecesse era o seguinte: eu entraria no aeroporto e veria o Michael na fila do controle de segurança. Eu chamaria o nome dele e ele se viraria e me veria, e sairia da fila e viria falar comigo, e eu diria a ele como estava arrependida por ter sido tão idiota, e ele me perdoaria instantaneamente e me envolveria em um abraço e me beijaria e eu cheiraria o pescoço dele e ele ficaria tão emocionado que resolveria ficar em Nova York.

Bom, na verdade, não estava achando que a última parte aconteceria. Bom, quer dizer, claro que ESTAVA. Mas não achava que realmente pudesse ACONTECER. Eu me contentaria se ele só me perdoasse.

Mas acontece que nada disso aconteceu. Porque o voo do Michael estava decolando quando chegamos ao balcão de emissão de passagens.

Chegamos tarde demais.

Eu cheguei tarde demais.

Agora o Michael foi embora. Está a caminho de um outro país — de um outro CONTINENTE —, de um outro HEMISFÉRIO.

E eu provavelmente nunca mais vou vê-lo.

Claro que eu fiz a única coisa sensata que eu podia fazer, sob aquelas circunstâncias: sentei no chão do aeroporto e chorei.

O Lars teve que meio me arrastar, meio que me carregar para o abrigo de limusines, que é onde nós estamos esperando o Hans e o meu pai virem nos buscar. Porque o Lars disse que não entra em outro táxi nem morto.

Pelo menos tem um banco aqui, para eu poder sentar e chorar, em vez de ficar jogada no chão.

Só não entendo como foi que tudo isso aconteceu. Há uma semana — há cinco dias —, eu estava tão cheia de esperança e animação. Eu nem sabia o que era mágoa. Não mágoa de verdade.

E agora parece que o meu mundo inteiro desmoronou em volta de mim. E uma parte disso nem tem a ver com... com o Michael ir para o Japão.

Mas uma grande parte disso é minha culpa.

E para quê?

Como é que eu vou viver sem ele? Falando sério?

Ah. A limusine chegou.

Vou ver se podemos passar em um *drive-through* do McDonald's a caminho de casa. Porque acho que a única coisa que pode fazer com que eu me sinta um pouquinho melhor é um Quarteirão.

Com queijo.

Sexta-feira, 10 de setembro, 19h, no loft

Quando eu cheguei em casa, a minha mãe e o sr. G estavam se preparando para pedir o jantar. A minha mãe deu uma olhada em mim e disse assim:

"Para o quarto. *Agora*", porque o Rocky tinha tirado todas as panelas dos armários da cozinha e batia nelas (coisa que ele sem dúvida puxou do pai, cuja bateria continua ocupando lugar de honra na nossa sala).

Então eu me arrastei para o quarto e me joguei na cama, e assustei o Fat Louie, que ficou tão surpreso quando eu caí em cima dele que realmente fez aquele barulho de gato bravo para mim.

Mas eu nem liguei. Acho que eu estou com distimia, ou depressão crônica, já que exibo todos os sintomas:

- Torpor emocional
- Melancolia perpétua de baixo nível
- Sensação de simplesmente cumprir as tarefas cotidianas com pouquíssimo entusiasmo ou interesse
- Pensamentos negativos
- Anedonia (incapacidade de saborear ou aproveitar qualquer coisa; tirando *cheeseburguers*)

"O seu pai me contou que você foi mandada para casa da escola no meio da tarde", minha mãe disse, depois de fechar a porta, para que pelo menos um pouco da batucada ficasse abafada. "E fiquei sabendo pelo Lars que você foi ao aeroporto para se despedir do Michael."

"É", respondi. Falando sério, a minha privacidade é zero. Não posso fazer NADA sem que o mundo inteiro fique sabendo. Não sei por que me dou o trabalho de manter qualquer segredo. "Fui sim."

"Acho que foi a coisa certa a se fazer", minha mãe disse. "Estou orgulhosa de você."

Só fiquei lá olhando para ela.

"Não consegui falar com ele. O voo já tinha decolado."

Minha mãe fez uma careta.

"Ah. Bom. Você pode ligar para ele."

"Mãe", eu respondi. "Não posso ligar para ele."

"Não seja boba. Claro que pode."

"Mãe. Eu não posso ligar para ele. Eu beijei o J.P. e o Michael viu."

Agora foi a vez da minha mãe de ficar só olhando para mim.

"Você beijou o namorado da sua melhor amiga?"

"Na verdade", eu expliquei, "a Lilly e o J.P. terminaram hoje. Então ele é o ex-namorado dela. Mas a resposta é sim."

"E você fez isso na frente do Michael."

"Fiz." Não sei se o Quarteirão com Queijo realmente foi a melhor das ideias. "Mas não era a minha intenção. A coisa meio que só... aconteceu."

"Ah, Mia", minha mãe disse, com um suspiro. "O que eu vou fazer com você?"

"Não sei", respondi, com lágrimas fazendo cócegas no meu nariz. "Eu estraguei tudo, completamente, com ele. Provavelmente está feliz de ter se livrado de mim. Quem deseja ter uma namorada louca?"

"Você já era louca quando o Michael conheceu você", minha mãe disse. "Até parece que você ficou mais louca de repente."

O negócio é que eu sei que ela estava *tentando* me dar uma força.

"Obrigada", eu respondi por entre as lágrimas.

"Olha", ela continuou. "O Frank e eu vamos pedir comida no Number One Noodle Son. Quer alguma coisa?"

Pensei a respeito do assunto. O Quarteirão com Queijo realmente não estava assentando bem. Talvez eu estivesse precisando de mais um pouco de proteína para ajudar a segurar.

"Acho que quero um pouco de frango General Tso's", respondi. "E carne com molho de laranja. E quem sabe uns bolinhos fritos? E umas costeletas grelhadas? Parece que vocês sempre gostam disso."

Mas a minha mãe, em vez de ficar feliz por não precisar pedir um prato vegetariano que ninguém além de mim ia comer, só ficou com cara de preocupada.

"Mia", ela disse. "Tem mesmo certeza de que você quer..."

Mas acho que alguma coisa no meu rosto fez com que ela mudasse de ideia e não terminasse a frase, porque só deu de ombros e disse:

"Tudo bem. Como quiser. Ah, e a Lilly ligou. E pediu para você retornar a ligação. Disse que era importante.

"Certo", respondi. "Obrigada."

A minha mãe abriu a porta do quarto — *BANG! Sacode. BANG! BANG!* — e saiu. Fiquei olhando para o teto durante um tempo. No teto do quarto do Michael, no apartamento dos Moscovitz, há constelações de estrelinhas daquelas que brilham no escuro. Fiquei imaginando se ele ia colocar constelações que brilham no escuro no teto do quarto novo dele. No Japão.

Eu me inclinei e peguei o telefone e teclei o número da Lilly. A dra. Moscovitz atendeu. Ela disse:

"Ah, oi, Mia", com uma voz não muito calorosa.

É. Agora a mãe do meu namorado me odeia.

Bom, ela tem todo o direito de me odiar.

"Dra. Moscovitz", eu disse, "Desculpa por... bom, por tudo. Eu sou a maior imbecil. Compreendo de você me odiar."

A voz da dra. Moscovitz ficou um pouco mais simpática.

"Ah, Mia", ela disse. "Eu seria incapaz de odiar você. Olha, essas coisas acontecem. Eu... bom, você e a Lilly vão resolver."

"Certo", eu respondi, sentindo-me uma fração melhor. Talvez eu não tenha distimia, no fim das contas. Quer dizer, se eu for capaz de sentir alguma coisa. Que não seja me sentir mal. "Obrigada."

Só que... por acaso ela disse "você e a *Lilly*"? Acho que ela queria dizer "você e o Michael".

"Hm", eu disse. "A Lilly está, dra. Moscovitz? Estou retornando a ligação dela."

"Claro que sim, Mia", a dra. Moscovitz disse. E ela chamou a Lilly, que pegou o telefone e disse, sem introdução: "VOCÊ BEIJOU O MEU NAMORADO????"

Fiquei olhando para o telefone, totalmente confusa.

"O quê?"

"O Kenny Showalter disse que viu você beijando o J.P. na frente da sala de química hoje", a Lilly rosnou.

Ai, meu Deus. Ai. Meu. Deus.

O Quarteirão com Queijo subiu mais um pouco na minha garganta quando o pânico total tomou conta de mim.

"Lilly", eu disse. "Não foi... olha. Não foi o que o Kenny pensou..."

"Então você está dizendo que NÃO beijou o meu namorado na frente da sala de química?", a Lilly quis saber.

"N-não", gaguejei. "Não estou. Eu beijei ele sim. Mas só como amigo. E, além do mais, o J.P. é, tecnicamente, o seu EX-namorado."

"Você está dizendo como você é *tecnicamente* minha ex-melhor amiga?"

Engoli em seco.

"Lilly! Fala sério! Eu já disse! O J.P. e eu somos só amigos!"

"Que tipo de amigos se BEIJAM?", a Lilly quis saber. "Na boca?"

Ai, meu Deus.

"Lilly", eu disse. "Olha. Nós duas tivemos um dia realmente horrível. Não vamos piorar as coisas uma para a outra..."

"Meu dia não foi assim tão ruim", a Lilly retrucou. "Quer dizer, claro, o meu namorado me deu um pé na bunda. Mas eu também fui eleita para ser a nova presidente do conselho estudantil da Albert Einstein High School."

Eu precisei me sentar, literalmente, ao ouvir isso.

"FOI?"

"É isso aí", a Lilly respondeu, parecendo muito satisfeita consigo mesma. "Quando você fugiu da escola por causa da sua dorzinha de estômago, a diretora Gupta disse que você se desqualificou da eleição."

"Ah, Lilly", soltei. "Sinto muito."

"Não sinta", a Lilly disse. Eu perguntei à diretora Gupta o que aconteceria se ninguém concorresse — sabe como é, ao conselho estudantil. E ela disse que a sra. Hill simplesmente teria de presidi-lo. Bom, você sabe o que aconteceria ENTÃO: a gente ficaria vendendo vela de agora até quase o fim do ano letivo. Então eu perguntei à diretora Gupta se eu podia concorrer no seu lugar, e ela disse que, como não havia outros candidatos, ela não via por que não. Então eu fiz o seu discurso. Sabe, aquele sobre o que as pessoas deviam fazer caso acontecesse alguma catástrofe? Acho que eu enfeitei um pouquinho. Nada EXCESSIVO. Só; sabe como é, alguns trechos sobre supervulcões e asteroides... nada demais.

"As pessoas ficaram com medo demais de NÃO votar em mim. A votação foi no último tempo. E eu venci. Bom, com mais de cinquenta por cento, pelo menos. Eu SABIA que o pessoal que está na nona série reagiria ao medo, e só ao medo. Afinal de contas, essa é a única coisa que eles conhecem."

"Uau", eu disse. "Que maravilha, Lilly."

"Obrigada", a Lilly respondeu. "Mas não sei por que estou contando isso para VOCÊ, já que não ajudou de maneira nenhuma. Aliás, você não é minha vice-presidente. É a Perin. Não preciso de uma ladra de namorado como vice-presidente, NEM como amiga."

"Lilly", eu disse. "Eu NÃO roubei o seu namorado. Eu já disse, eu só o beijei porque... bom, eu não sei por que eu o beijei. Só beijei. Mas..."

"Sabe o quê, Mia?", a Lilly explodiu. "Não quero nem saber. Por que você não guarda para contar para alguém que realmente se importe? Como o J.P., por exemplo?"

"O J.P. não gosta de mim desse jeito, Lilly", não pude deixar de explodir em resposta. "E você sabe muito bem disso!"

"Sei?", a Lilly perguntou, com uma risada maligna. "Bom, então talvez eu saiba de alguma coisa que você não sabe."

"Do que é que você está *falando*?", eu quis saber. "Fala sério, Lilly, isso é a maior estupidez. Nós somos amigas há tempo demais para permitir que um CARA fique entre nós..."

"Ah, é?", a Lilly disse. "Bom, então talvez nós tenhamos sido amigas por tempo suficiente. Adeus, PDG."

Então, ouvi um clique. A Lilly bateu o telefone na minha cara.

Não dava para acreditar. A Lilly *bateu o telefone* na minha cara.

Fiquei lá sentada, sem ter a menor ideia do que fazer. A verdade é que eu não conseguia acreditar que nada daquilo estava acontecendo. Eu tinha perdido o namorado e a melhor amiga na mesma semana. Será que uma coisa dessas era mesmo possível?

Eu continuava sentada lá, segurando o telefone, quando tocou de novo. Eu tinha tanta certeza de que era a Lilly ligando para pedir desculpa por ter desligado na minha cara que atendi no primeiro toque e disse:

"Olha, Lilly, sinto muito, muito mesmo. O que eu posso fazer para compensar? Eu faço QUALQUER COISA."

Mas não era a Lilly. Uma voz masculina e profunda disse: "Mia?"

E o meu coração entrou em êxtase. Era o Michael. O MICHAEL ESTAVA LIGANDO PARA MIM! Eu não sabia como, já que supostamente estava no avião. Mas e daí? Era o MICHAEL!

"Sou eu", respondi e os meus ossos viraram gelatina de tanto alívio. Era o MICHAEL! Eu praticamente me derreti em lágrimas — mas dessa vez de alegria, não de tristeza.

"Sou eu", a voz disse. "O J.P."

Meus ossos passaram de gelatina para pedra. Meu coração voltou a se despedaçar no chão.

"Ah", eu disse, desesperada para esconder a minha decepção, para que não parecesse tão óbvia. Porque uma princesa sempre tem de fazer as pessoas que ligam para ela acharem que o telefonema é bem-vindo, mesmo que a pessoa não seja quem ela estava esperando. Ou torcendo para que fosse. "Oi."

"Acredito que você já tenha falado com a Lilly", o J.P. disse.

"Hm", respondi. Como eu pude ter achado que era o Michael? O Michael estava em um avião, voando para o outro lado do mundo, para longe de mim. E por que o Michael se daria o trabalho de voltar a me ligar, depois de tudo o que eu fiz? "É. Foi, falei sim."

"Acho que correu tudo tão bem quanto quando eu tentei falar com ela, agorinha mesmo", o J.P. disse.

"É", eu respondi. Eu me sentia atordoada. Será que o atordoamento era um sintoma da distimia? Não apenas o atordoamento emocional, mas o verdadeiro atordoamento FÍSICO? "Ela basicamente me odeia completamente. E acho que ela tem esse direito. Não sei o que eu estava pensando lá na porta da sala de química, J.P. Sinto muito, mas muito mesmo."

O J.P. deu risada.

"Você não precisa pedir desculpa para mim", ele disse. "Eu gostei muito, completamente."

Foi legal da parte dele ser assim tão cavalheiro a respeito de tudo. Mas, de certo modo, isso só serviu para piorar as coisas.

"Eu sou a maior imbecil que existe", eu disse, toda triste.

"Não acho que você seja uma imbecil", o J.P. disse. "Só acho que a sua semana foi péssima. Foi por isso que eu liguei. Achei que você estava precisando se animar, e acho que tenho o que você precisa."

"Não sei, J.P.", eu disse, sem emoção. "Acho que eu tenho distimia."

"Não faço a menor ideia do que é isso", o J.P. respondeu. "Mas o que sei é que tenho nas mãos duas entradas de camarote para a apresentação de hoje à noite de *A Bela e a Fera* na Broadway. Está interessada em assistir comigo?"

Não pude deixar de engolir em seco. Lugares de camarote para o meu musical preferido de todos os tempos?

"C-como...", gaguejei. "Como você..."

"Foi fácil", o J.P. respondeu. "Meu pai é produtor, está lembrada? Então. Está a fim? A apresentação começa daqui a uma hora.

Ele estava de *brincadeira*? Como é que ele *sabia*? Como é que ele sabia que era EXATAMENTE disso que eu precisava para tirar minha mente do fato de eu ter sido a maior idiota com as duas pessoas mais importantes do mundo para mim (sem contar o Fat Louie e o Rocky, é claro)?

"Estou a fim", eu disse. "Estou totalmente a fim!"

"A gente se encontra na frente do teatro daqui a 45 minutos", o J.P. disse. "E, Mia..."

"O que foi?"

"Só nesta noite, não vamos mencionar nenhum dos Moscovitz, combinado?"

"Combinado", eu respondi, sorrindo pelo que pareceu ter sido a primeira vez neste dia. "A gente se vê daqui a pouco."

Desliguei o telefone.

Então, antes de ir tirar o uniforme da escola e vestir alguma coisa legal para ir ao teatro, levantei e fui até o meu computador.

Abri o meu e-mail. Nenhuma mensagem nova.

Mas tudo bem. Eu não estava esperando nada. Na verdade, eu não *merecia* nenhum e-mail.

Cliquei no último e-mail que o Michael mandou para mim — aquele que eu não tinha respondido. Depois cliquei em RESPONDER.

Então, pensei um pouco.

Daí, finalmente, no espaço em branco, escrevi:

Michael. Sinto muito.

E então cliquei em ENVIAR.

Este livro foi composto na tipologia Lapidary 333 BT, em
corpo 12/17, e impresso em papel off-white
no Sistema Cameron da Divisão Gráfica
da Distribuidora Record.